TERRE NATALE

LES ROYAUMES OUBLIÉS
AU FLEUVE NOIR

La trilogie de l'Elfe Noir
4. **Terre Natale**
5. **Terre d'Exil**
6. **Terre Promise**
   par R.A. Salvatore

La trilogie des héros de Phlan
7. **La Fontaine de Lumière**
8. **Les Fontaines de Ténèbres**
9. **La Fontaine de Pénombre**
   par J.M. Ward, J. Cooper Hong, Anne K. Brown
10. **Magefeu**
    par Ed Greenwood

La trilogie de la Pierre du Trouveur
11. **Les Liens d'azur**
12. **L'Éperon de Wiverne**
13. **Le Chant des Saurials**
    par Jeff Grubb et Kate Novak
14. **La Couronne de feu**
    par Ed Greenwood

La trilogie du Val Bise
15. **L'Éclat de Cristal**
16. **Les torrents d'argent**
17. **Le joyau du petit homme**
    par R.A. Salvatore

La trilogie du Retour aux Sources
18. **Les revenants du fond du gouffre**
19. **La nuit éteinte**
20. **Les compagnons du renouveau**
    par R.A. Salvatore
21. **Le prince des mensonges**
    par James Lowder

La pentalogie du clerc
22. **Cantique**
23. **A l'ombre des forfêts**
24. **Les Masques de la Nuit**
25. **La forteresse déchue**
26. **Chaos cruel**
    par R.A. Salvatore
27. **Elminster : la jeunesse d'un mage**
    par Ed Greenwood

TERRE NATALE

par

R.A. SALVATORE

FLEUVE NOIR

Titre original :
Homeland

Traduit de l'américain
par Michèle Zachayus

Collection dirigée par Patrice Duvic
et
Jacques Goimard

Royaumes Oubliés et le logo TSR sont des marques déposées par TSR, Inc.

Le Code de la propriété intellectuelle n'autorisant, aux termes de l'article L. 122-5, 2° et 3° a), d'une part, que « les copies ou reproductions strictement réservées à l'usage privé du copiste et non destinées à une utilisation collective. » et, d'autre part, que les analyses et les courtes citations dans un but d'exemple ou d'illustration, « toute représentation ou reproduction intégrale ou partielle, faite sans le consentement de l'auteur ou de ses ayants droit ou ayants cause, est illicite » (art. L.122-4).
Cette représentation ou reproduction, par quelque procédé que ce soit, constituerait donc une contrefaçon sanctionnée par les articles L.335-2 et suivants du Code de la propriété intellectuelle.

© 1990, 1997 TSR, Inc. Tous droits réservés.
TSR Stock N°. 8481
ISBN : 2-265-00216-X
ISSN : 1257-9920

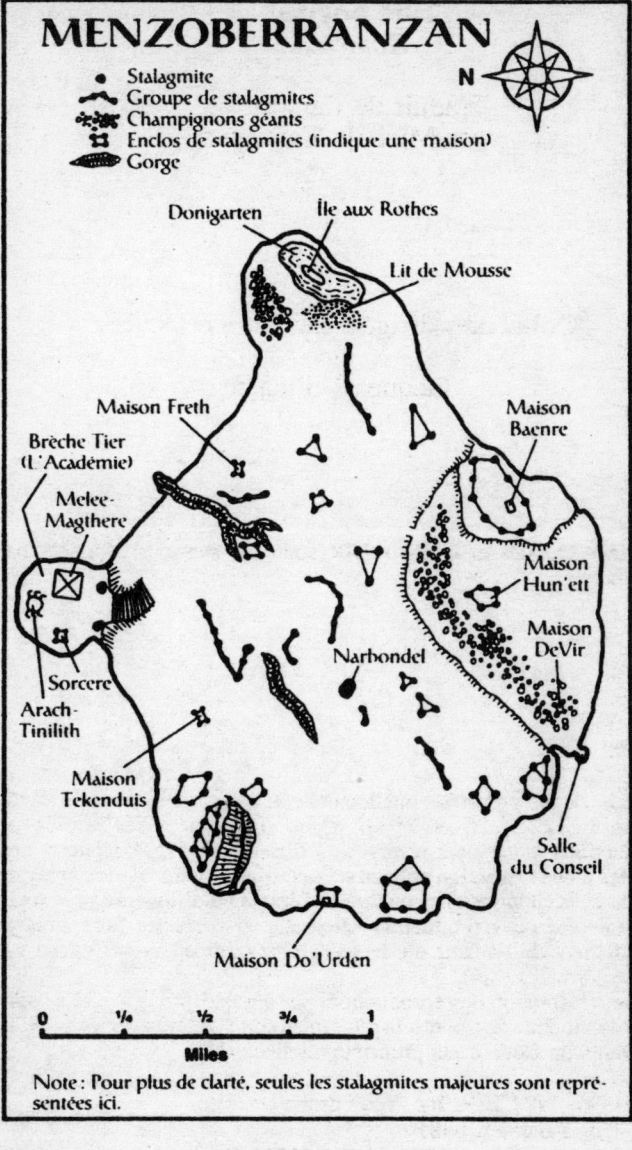

PROLOGUE

Dans les entrailles de la terre, tapi dans le ventre des Royaumes Oubliés, est un monde qui ne connaît ni la lumière ni la compassion. Un univers violent, sans pitié, où les liens de l'amour et de l'amitié n'existent pas.

C'est Ombre-Terre, pays natal de races plus maléfiques les unes que les autres.

Ici vivent les nains Duergars et les Kuo-Toas ; ici rôdent les orcs et les gobelins ; ici guettent les Dridders et les pêcheurs des cavernes.

Et tout cela pourtant n'est rien !

Dans ce monde obscur, une espèce plus dangereuse que le lion et plus sournoise que le scorpion a bâti sa tanière.

Au détour des rochers, des sombres corridors, au bord des lacs gelés dissimulant on ne sait quelles horreurs, de formidables artistes ont construit des villes merveilleuses.

Quel drame que nul œil, jamais, ne puisse contempler ces miracles d'architecture. Les tours des palais creusées dans les stalagmites, les frontons richement gravés, les superbes statues qui gardent l'entrée des sanctuaires... Tout est l'œuvre des Drows.

Les elfes noirs !

Ces petits êtres ayant une espérance de vie de huit siècles auraient tout pour forcer l'admiration. Ils sont intelligents, curieux, organisés, combatifs. Au fil des millénaires d'exil, ils se sont adaptés aux rudes conditions de leur monde. Dotés d'une vision infrarouge, ils se repèrent sans peine dans l'obscurité où se tapissent tant de périls. Pour tromper la vigilance de leurs adversaires, innombrables, ils ont appris à parler par gestes.

Hélas, le tableau noircit quand on y regarde de plus près. Pour les Drows, les rigueurs d'Ombre-Terre sont bénédictions, car le mal, le crime et la trahison coulent dans leurs veines. Cousins des elfes blancs, qui dansent et rient dans le monde d'en haut, ils vivent pour trahir et ne connaissent qu'un seul moyen d'atteindre le *bonheur* : éliminer leurs ennemis en leur infligeant autant de souffrances que possible.

*
* *

Selon les standards drows, Menzoberranzan n'est pas une mégalopole. Vingt mille elfes noirs seulement y résident. Plus bas, dans d'autres grottes cachées à des kilomètres sous terre, se sont créées de véritables fourmilières.

Mais on murmure qu'aucune cité ne peut se vanter d'abriter plus de perversion et de haine. A Menzoberranzan règnent huit Maisons princières, aussi fourbes que viles. Composées de nobles, de prêtresses, de sorciers, de guerriers et d'esclaves, elles portent à des hauteurs insoupçonnées la cruauté et le mépris de la vie.

Partout ailleurs, un tel ordre social tomberait sous les coups d'une révolution, ou se dessécherait comme un arbre mort.

Ici les Drows prospèrent.

Ils ont l'art de survivre dans le sang, et cette contrée se nomme *Ombre-Terre*, la vallée de la mort, le pays des cauchemars sans nom...

PREMIERE PARTIE

STATION

Station : dans l'univers des Drows, il n'est rien de plus important. C'est le leitmotiv de leur... de notre religion, l'appel qui fait vibrer ces cœurs affamés de haine.

Chez nous l'ambition piétine le bon sens et la compassion, tout cela au nom de Lloth, la Reine Araignée.

La promotion sociale, dans la société drow, est une affaire de meurtre. La Reine Araignée est la déesse du chaos ; elle et sa grande prêtresse, véritable maîtresse du monde drow, appréciant les ambitieux qui savent manier les dagues empoisonnées.

Bien entendu, il y a des règles de conduite - toute société se doit d'en avoir. Le meurtre et la sédition systématiques ont besoin d'un semblant de justice ; les châtiments appliqués au nom de la loi drow sont effroyables. Mais planter un coutelas dans le dos d'un allié durant une bataille, ou dans les ombres paisibles d'une allée, est tout à fait accepté - voire admiré. Les enquêtes ne sont pas le point fort de la justice drow.

Personne n'ira vérifier les faits.

La station est l'enseignement de Lloth, l'arme qu'elle utilise pour renforcer le règne du chaos et garder ses « enfants » dans leur prison. Enfants ? Plus exactement, des pions, marionnettes de la Reine Araignée, poupées de chiffon frémissant sur les fils de sa toile.

Car tous chassent ou tombent sous les coups des chasseurs pour son plaisir.

La station est le paradoxe de mon peuple, la limite de sa soif de pouvoir. Les plus puissants citoyens de Menzoberranzan passent leur vie à regarder par-dessus leur épaule et à protéger leur dos des coups de poignard.

Quand elle les surprend, la mort frappe de face.

Drizzt Do'Urden

CHAPITRE PREMIER

MENZOBERRANZAN

Un habitant de la surface ne l'aurait pas repéré. Les pattes de sa monture ne faisaient presque pas de bruit ; les cottes de mailles parfaitement adaptées aux formes du cavalier et de la bête épousaient leurs mouvements comme une seconde peau.

Le lézard de Dinin trottinait le long des parois, du sol et même du plafond des tunnels. Les lézards des souterrains, avec leurs pattes griffues à trois pouces, étaient les coursiers préférés des elfes à cause de leur aptitude à ramper le long des rocs comme des araignées. Aucune empreinte ne trahissait leur passage. Les traces de chaleur laissées par les autres montures potentielles étaient trop faciles à repérer.

Dinin n'avait pas de lumière pour le guider, mais il n'en avait nul besoin. Il était un elfe noir, un Drow, parent à la peau d'ébène du peuple gracile qui habitait la surface. Grâce à l'infravision, Ombre-Terre n'était pas pour lui un lieu obscur. Le spectre des couleurs dansait devant ses yeux, sur les parois et sur le sol attiédis par quelque lointain volcan. Mais la chaleur des êtres vivants restait la plus facile à détecter.

En temps normal, Dinin ne quittait pas la ville tout seul ; le monde souterrain était trop dangereux, même pour un elfe drow. Mais ce jour était différent.

Une lueur bleue magique, au-delà d'une voûte sculptée, signalait l'entrée de la ville. Cet étroit boyau donnait sur la Brèche Tier, le quartier nord, qui abritait l'Académie. Il était peu utilisé ; seuls les instructeurs pouvaient l'emprunter sans éveiller de soupçons.

Dinin était toujours nerveux quand il arrivait à cet endroit. Des centaines de tunnels débouchant sur la ville, celui-ci était le plus surveillé. Deux statues d'araignée géante en gardaient l'accès. En cas d'intrusion, elles s'animaient et attaquaient, déclenchant l'alerte générale.

Dinin mit pied à terre, saisit la bourse suspendue à son cou et dissimulée sous son manteau magique, et en sortit l'amulette de la Maison Do'Urden : une araignée tenant dans ses huit pattes autant d'armes différentes et le blason aux lettres « DN », c'est-à-dire Daermon N'a'shezbaernon, le nom antique du clan Do'Urden.

— Attends mon retour, chuchota-t-il au lézard en brandissant son amulette.

Comme pour toutes les Maisons drows, l'emblème Do'Urden contrôlait plusieurs *dweomers* - ou enchantements - dont l'un assurait une emprise totale sur les animaux familiers. Le lézard ne bougerait pas d'un iota avant son retour, même si un rat succulent passait à portée de ses mâchoires.

Inspirant profondément, Dinin avança sous l'œil composite des araignées de huit mètres de haut. Elles attaquaient parfois les Drows qui n'étaient pas censés emprunter ce passage.

Mais sa mission était des plus urgentes ; les plans de bataille de sa famille en dépendaient. Il alla bravement de l'avant.

Il s'assura que les ombres ne dissimulaient pas de périls, puis il fit une pause pour admirer Menzoberranzan. Ce spectacle l'émerveillait toujours. La Brèche Tier était le point culminant de la caverne. Elle offrait une vue panoramique sur la cité. L'Académie : Arach-Tinilith, l'école de Lloth en forme d'arachnide ; Sorcere, la tour de la sorcellerie aux multiples tourelles gracieusement incurvées ; et Melee-Magthere, une construction pyramidale assez commune où les jeunes garçons apprenaient l'art de combattre.

Au-delà de la Brèche Tier, après les stalagmites sculptées qui marquaient l'entrée de l'Académie, la grotte plongeait sur une immensité dépassant le champ de vision de Dinin. L'éventail des couleurs, pour la vision drow, couvrait trois registres. Il y avait d'abord les traces des sources volcaniques, à dominante pourpre ; puis les secteurs de magie pure, comme les araignées statufiées, qui pulsaient d'énergie couleur azur.

Enfin, il y avait les véritables lumières de la ville : les sculptures des façades, baignées de puissants halos. Les Drows s'enorgueillissaient de leur architecture, en particulier des gargouilles et des colonnades à la facture sans défaut.

Même à cette distance, Dinin pouvait distinguer la Maison Baenre, *première* de Menzoberranzan. Tendue entre vingt stalagmites et dix stalactites gigantesques, elle remontait à la fondation de la ville, cinq mille ans auparavant. Depuis lors, la Maison n'avait jamais cessé de s'embellir. Chaque centimètre carré de l'immense édifice s'auréolait d'une lueur magique, bleutée pour les tours extérieures, pourpre étincelant pour le dôme central.

La lueur caractéristique de chandeliers, peu fréquents en Ombre-Terre, filtrait de rares fenêtres. Seuls les prêtresses et les sorciers, penchés sur leurs grimoires, pouvaient en avoir besoin.

Dinin eut un sourire cruel en songeant que quelques-uns rendraient cette nuit leur dernier soupir.

Narbondel, l'énorme stalagmite centrale, servait d'horloge dans un monde qui ne connaissait pas le jour. Chaque soir, l'Archimage employé par la ville lançait ses feux magiques à la base du pilier de pierre ; le rougeoiement persistait pendant un *cycle*, tant que durait le jour à la surface. Dinin vit que l'auréole du *dweomer* était redevenue noire. Le mage devait être prêt à lancer son sortilège pour le jour suivant.

Il était minuit, l'heure du rendez-vous.

Dinin évita les araignées géantes et se faufila le long de la Brèche. Il parvint à Sorcere, l'école de sorcellerie, et se glissa dans une allée étroite, entre les soubassements en courbe de l'édifice et la paroi rocheuse.

— Maître ou étudiant ? demanda une voix.

— Seul un maître peut s'aventurer hors de ses terres dans la mort noire de Narbondel, répliqua Dinin.

La silhouette qui émergea des ombres avait pris la posture typique des maîtres de l'Académie : les bras pliés, les mains jointes sur sa poitrine.

— Salut, Sans Visage, dit Dinin dans le langage par signes des Drows, aussi détaillé que la langue « naturelle ».

Ses mains tremblantes révélaient son trouble.

— Deuxième fils Do'Urden, mima le sorcier, as-tu mon paiement ?

— Tu seras dédommagé. Oserais-tu douter de la promesse de la Mère Matrone de Daermon N'a'shezbaernon, dixième Maison de Menzoberranzan ?

L'inconnu baissa la tête, honteux de son faux pas.

— Mes excuses, deuxième fils de la Maison Do'Urden, répondit-il en s'agenouillant.

Depuis qu'il s'était joint à la conspiration, le sorcier craignait que son impatience lui coûte la vie. Jadis, il avait été pris au piège d'un sortilège de son répertoire ; l'accident avait fait fondre les traits de son visage, laissant à leur place une gomme blanche et verte parcheminée. Matrone Malice Do'Urden, qui comptait parmi les expertes en matière de potions et d'onguents, lui avait fait miroiter un espoir de guérison en échange de *menus services*.

Aucune pitié ne pouvait trouver place dans le cœur de pierre de Dinin, mais sa Maison avait besoin du sorcier.

— Tu auras ton onguent, promit-il, quand Alton DeVir sera mort.

— Bien sûr, convint Sans Visage. Cette nuit ?

Dinin croisa les bras, pensif. Matrone Malice lui avait spécifié qu'Alton DeVir devait mourir dès que commencerait la guerre entre les deux familles. Ce scénario lui paraissait trop simple. Sans Visage remarqua le regard brillant du jeune Do'Urden.

— Attends que la lumière de Narbondel épouse le zénith, répondit Dinin.

— Le garçon doit-il voir venir sa mort et apprendre ce qui anéantira sa Maison ? demanda le sorcier, attentif à deviner les intentions de son interlocuteur.

— Quand s'abattra le coup fatal, qu'Alton DeVir meure dans le désespoir.

*
* *

Dinin récupéra son lézard et repartit sans perdre de temps. Il éperonna sa monture le long des berges de Donigarten, un petit étang orné d'une île moussue, où paissait un troupeau de *rothes*. Une centaine de gobelins et d'orcs le virent passer. Ils s'abstinrent de regarder l'illustre cavalier dans les yeux, un privilège inaccessible à des esclaves de leur sorte.

Absorbé dans ses pensées, Dinin allait à un train d'enfer vers le sud et la Champignonnière, secteur privilégié des plus illustres familles.

Lui-même était le fils d'une grande prêtresse ; seuls un millier d'elfes étaient issus des soixante-sept lignées reconnues. Les autres n'étaient que des plébéiens.

Un elfe drow n'avait pas besoin d'exhiber son amulette familiale : sa chevelure d'un blanc neigeux taillée en queue de cheval, et l'entrelacs de lignes pourpres et rouges dessiné sur son *piwafwi* noir (son manteau de camouflage) étaient des signes assez éloquents.

Il ralentit l'allure. Même si, en théorie, il pouvait aller et venir à sa guise, Malice avait signifié que nul membre de la Maison Do'Urden ne devait approcher de la Champignonnière.

Il n'était pas question pour lui de désobéir à Matrone Malice, sa mère. Mais à Menzoberranzan, la règle qui avait préséance sur toutes les autres, c'était de ne pas se faire prendre.

Au sud de la Champignonnière, l'elfe impétueux trouva ce qu'il cherchait : un bouquet de cinq stalagmites monumentales qui s'élançaient jusqu'au plafond rocheux, creusées en suites complexes de salles reliées par des parapets et des passerelles métalliques ou naturelles. Des gargouilles incandescentes semblaient monter la garde. C'était la Maison DeVir, quatrième de Menzoberranzan.

Un mur de champignons géants encerclait l'endroit ; un sur cinq était un « hurleur » qui réagissait quand un être vivant passait à proximité. Dinin garda ses distances.

Matrone Ginafae, de la Maison DeVir, s'était attiré les foudres de Lloth. On ne parlait jamais de pareilles choses ouvertement, mais il était évident qu'une famille moins élevée dans la hiérarchie ne tarderait pas à frapper la Maison DeVir affaiblie.

Matrone Ginafae et les siens avaient été les derniers avertis de leur disgrâce, un comportement typique de la Reine Araignée. Un silence de mauvais aloi planait autour de leurs terres, prouvant que la famille n'avait pas eu le temps de lever des défenses efficaces. DeVir comptait près de quatre cents combattants, surtout des guerrières. Celles que le jeune elfe apercevait sur les remparts semblaient bien nerveuses.

Le sourire de Dinin s'élargit : son clan ne cessait de s'affermir grâce à la stratégie subtile de Matrone Malice. Ses trois sœurs étaient proches du statut de grande prêtresse ; son frère était un sorcier accompli, son oncle Zaknafein, le maître d'armes le plus renommé de la cité, entraînait les trois cents soldats de la famille. La Maison Do'Urden était forte sur tous les fronts. Et Matrone Malice, contrairement à Ginafae, conservait le soutien de la déesse arachnéenne.

*
* *

De l'autre côté de la ville, à l'ouest, s'élevait la Maison Do'Urden, où se tenait un conseil nocturne. Trônant sur une estrade, à l'arrière de la petite salle d'audience, la vénérable Matrone Malice vivait les dernières heures de sa grossesse. A ses côtés, campaient ses trois filles : Maya, Vierna et Briza, l'aînée, récemment ordonnée grande prêtresse de Lloth. Maya et Vierna étaient l'image rajeunie de leur mère, minces cachant sous leur petite taille une force très réelle. Briza n'avait aucun air de famille : grande, immense même selon les standards drows, elle arborait des hanches et des épaules rondes. Une enveloppe de chair convenant au tempérament colérique et brutal de la toute nouvelle prêtresse de la Maison Do'Urden.

— Dinin devrait bientôt être de retour, et nous dire

si le moment est propice pour attaquer, remarqua Rizzen, l'époux en titre de Malice.

— Agissons avant que Narbondel annonce l'aurore ! lança Briza de sa voix rauque et coupante.

Elle sourit à sa mère, guettant un signe d'approbation : elle avait remis un mâle à sa place.

— L'enfant viendra cette nuit, expliqua Matrone Malice à son mari. Agissons quelles que soient les nouvelles de Dinin.

— Ce sera un garçon, grommela Briza, sans dissimuler sa déception. Le troisième fils vivant de la Maison Do'Urden.

— Né pour être sacrifié à Lloth, ajouta Zaknafein, le précédent *partenaire* de Malice, qui occupait la charge enviée de maître d'armes.

Le guerrier paraissait savourer l'idée du sacrifice, comme Nalfein, le fils aîné. Ce dernier n'avait nul besoin d'un concurrent supplémentaire. Son frère Dinin lui suffisait.

— En accord avec nos traditions ! jubila Briza. Pour consacrer notre victoire !

Rizzen s'agita sur son siège, mal à l'aise.

— Matrone Malice, dit-il humblement, tu connais les difficultés de l'enfantement. Si la douleur te faisait délirer...

— Tu oses discuter les ordres de la Mère Matrone ? coupa Briza, portant la main au fouet à tête de serpent ceint à sa taille.

Matrone Malice l'arrêta d'un geste.

— Livre-toi au combat, rétorqua la Matrone à Rizzen. Laisse les femmes s'occuper de stratégie.

Rizzen se dandina sur son siège, les yeux baissés.

*
* *

Dinin parvint à la barricade d'adamantite - le métal le plus dense connu au monde - gravée d'une centaine d'araignées en armes ensorcelées par des inscriptions et des glyphes mortels. Le portail qui gardait l'entrée ouest de Do'Urden rendait plus d'une Maison jalouse, mais après avoir vu les demeures de la Champignonnière, Dinin ne put se défendre d'un sentiment de déception. L'enclos était ordinaire et nu, à l'exception du balcon de mithril et d'adamantite du second étage, et de l'entrée voûtée réservée aux nobles du clan. Chaque balustre s'illuminait de milliers de motifs, qui se fondaient en un unique thème.

Au contraire de la majorité des clans de Menzoberranzan, la Maison Do'Urden ne se dressait pas fièrement au milieu des champs de stalactites et de stalagmites. Le complexe avait été bâti dans une petite grotte ; une stratégie louable, mais Dinin eût aimé un peu plus de *grandeur*.

Un soldat fébrile vint ouvrir les portes au second fils de la famille, qui entra sans prêter attention aux regards curieux rivés sur lui ; soldats et esclaves savaient que son excursion nocturne avait rapport avec les préparatifs de guerre.

Pour mieux séparer les nobles du reste du clan, aucun escalier ne menait au balcon d'argent. Les nobles n'avaient que faire d'escaliers : le pouvoir de léviter leur était donné à la naissance.

Dinin s'éleva dans les airs sans y penser ; il se rua dans le corridor principal, éclairé par des lueurs magiques dont la faible radiance ne gênait pas l'infravision. Devant la porte de bronze sculpté, le jeune homme réadapta sa vision au spectre infrarouge, car la pièce à laquelle elle donnait accès était plongée dans le noir. C'était la salle d'audience des grandes prêtresses, l'antichambre de la chapelle ; les appartements réservés à la prêtrise, selon les rites de la Reine Araignée, n'étaient pas des lieux de lumière.

Se sentant prêt, il entra et alla se présenter à sa

mère. Les trois filles de la famille froncèrent les sourcils devant cette audace.

Si seulement c'était lui, le sacrifice à la Reine Araignée ! devaient penser ses sœurs.

Malgré le plaisir qu'il prenait à éprouver les limites de son statut de mâle inférieur, il n'en méconnaissait pas les risques. Les femelles étaient plus grandes, plus fortes, mieux entraînées au maniement des armes et des sortilèges. Leurs fouets à tête de serpent, extensions vivantes de leur pouvoir, se contorsionnaient à leur ceinture, savourant par avance les souffrances qu'ils allaient infliger. Les lanières étaient des serpents vivants ; Briza se montrait toujours la plus prompte à punir.

Matrone Malice parut apprécier l'assurance fanfaronne de son second fils. Il connaissait sa place, et obéissait sans appréhension ni doute.

— Tout est prêt, déclara le jeune homme. La Maison DeVir se replie sur ses terres, à l'exception d'Alton, qui poursuit ses études à Sorcere.

— Tu as rencontré Sans Visage ?

— L'Académie était paisible, cette nuit. Notre entrevue s'est déroulée sans accroc.

— Il a accepté le contrat ?

— Alton DeVir aura la fin qu'il mérite, ricana Dinin.

Il se souvint de la légère modification qu'il avait apportée aux termes de l'accord, retardant l'exécution d'Alton afin de satisfaire sa cruauté. Il lui revint à l'esprit que la grande prêtresse de Lloth avait l'inquiétant pouvoir de lire dans les pensées.

— Alton mourra cette nuit, s'empressa-t-il d'ajouter, avant que les autres le sondent.

— Excellent, gronda Briza.

Sur ordre de Matrone Malice, les quatre mâles vinrent s'agenouiller : Rizzen devant Malice, Zaknafein devant Briza, Nalfein devant Maya et Dinin devant Vierna. Les prêtresses chantèrent en chœur, posant

25

chacune une main sur le front de son champion pour s'accorder à ses passions.

— Vous connaissez votre place, déclara la Matrone Malice, à l'issue de la cérémonie. (Elle grimaça de douleur : une nouvelle contraction.) Commençons.

*
* *

Moins d'une heure plus tard, au balcon, Zaknafein et Briza surveillaient les derniers préparatifs : les deuxième et troisième brigades du clan, celles de Rizzen et de Nalfein, s'équipaient de lanières de cuir chauffé et de plaques de métal en guise de camouflage thermique. Le groupe de Dinin, fer de lance de la force de frappe incluant une centaine d'esclaves gobelins, était parti depuis longtemps.

— On se souviendra de nous après cette nuit, déclara Briza. Nul n'aurait imaginé que la dixième Maison ose s'attaquer à un clan aussi puissant que DeVir. Après notre triomphe, même Baenre prendra bonne note du nom de Daermon N'a'shezbaernon !

Les deux brigades s'ébranlèrent en silence. Elles allaient suivre des routes différentes, qui les mèneraient devant les cinq stalagmites de la Maison DeVir.

Zaknafein, debout derrière la fille aînée de Matrone Malice, eût aimé lui planter une dague dans le dos. Comme toujours, le bon sens retint son bras.

— As-tu les *articles* ? s'enquit-elle avec une déférence légèrement accrue.

Zak était un mâle de basse caste, à qui on accordait le privilège de porter le nom parce qu'il avait rendu des *services* à Matrone Malice et qu'il avait occupé le rang d'époux. Mais Briza craignait sa colère. Zak était le maître d'armes de la Maison Do'Urden, un gaillard de grande taille, musclé, plus fort que la plupart des femelles. Ceux qui avaient vu ses colères le tenaient pour un des meilleurs guerriers de Menzoberranzan. Après Briza et sa mère, toutes deux grandes prêtresses, Zaknafein et ses talents de bretteur constituaient l'atout majeur du clan.

Il prit une petite bourse à sa ceinture et l'ouvrit. Elle contenait de minuscules sphères de céramique.

Briza eut un sourire fielleux et se frotta les mains. Zak lui rendit son sourire. Rien ne lui faisait plus plaisir que tuer des Drows, surtout des prêtresses de Lloth. Après quelques instants, il se prépara, les yeux clos, crispé : Briza le toucha aux épaules de sa baguette magique et commença son incantation.

Il sentit les émanations glacées descendre sur lui, imprégner son armure et sa chair. Il détestait cette sensation de froid, qu'il associait à la mort, mais le sort le rendait indétectable en Ombre-Terre.

Tandis qu'il éprouvait le délié de ses muscles, se préparant à la bataille, Briza s'absorbait dans le second enchantement, plus complexe. Zak jubila : Matrone Malice lui avait réservé les prêtresses DeVir.

Il observa les premiers résultats du sortilège : un brouillard jaunâtre, plus chaud que d'ordinaire..., doué de vie.

La créature issue d'un plan élémental vint tourbillonner au-dessus du balcon. Elle attendait patiemment les ordres.

Sans hésiter, Zak bondit au cœur de la brume jaune.
— Bon combat ! lui lança Briza dans un dernier salut.

Déjà invisible, emporté par la brume au-dessus de la ville, Zak ricana à l'ironie de ses paroles : l'un et l'autre voulaient la mort des prêtresses DeVir, mais leurs motivations étaient différentes. Toutes complications mises à part, il eût été aussi ravi d'embrocher les prêtresses de la Maison Do'Urden.

Le maître d'armes empoigna une de ses épées magiques en adamantite, dont le fil était rendu extraordinairement tranchant au moyen de *dweomers* meurtriers.

— Bon combat, oui, murmura-t-il.

Si seulement Briza savait à quel point il la haïssait...

CHAPITRE II

LA CHUTE DE LA MAISON DEVIR

Dans les rues de Menzoberranzan, Dinin se réjouit de voir que tous les passants s'écartaient en hâte ; il était à la tête de soixante soldats. Suivaient une centaine d'esclaves en armes, nettement moins enthousiastes.

Pour les témoins, nul doute possible : une Maison drow allait en attaquer une autre. L'événement, sans être banal, était courant. Au moins une fois tous les dix ans, un clan décidait que sa position s'améliorerait s'il éliminait un rival. Une stratégie risquée, car tous les nobles de la Maison attaquée devaient être tués rapidement. Un seul survivant suffisait à traîner en « justice » la Maison coupable ; elle était entièrement anéantie en représailles.

Si le raid se passait à la perfection, le Conseil, la ville, et les huit Matrones dirigeantes se réjouissaient discrètement. Et il n'était plus jamais question de l'incident.

Suivant un itinéraire détourné, Dinin parvint au champ de champignons géants pour la seconde fois de la nuit. Ses soldats se déployèrent derrière lui, étudiant l'édifice à investir.

Sachant qu'ils étaient condamnés, les esclaves cherchaient des yeux une possibilité de fuir. La colère des elfes étant plus à craindre que la mort, aucun n'osa passer à l'acte. Tous savaient quels supplices attendaient les esclaves repris.

A l'aide d'un morceau de métal brillant, Dinin signala sa position aux brigades de Nalfein et de Rizzen qui les suivaient. Puis ses soldats encochèrent leurs flèches enchantées, prêts à anéantir les champignons hurleurs. La première ligne de défense de la Maison DeVir fut réduite au silence par trois douzaines de traits ensorcelés.

*
* *

A l'autre bout de Menzoberranzan, Matrone Malice, ses trois filles et quatre prêtresses ordinaires de la Maison étaient réunies autour d'une statue de la déesse du mal - une idole représentant une araignée au visage elfique - pour la supplier de les aider. Près d'accoucher, Malice était assise sur une chaise spéciale. Les initiées chantaient en chœur, combinant leurs énergies en une unique volonté. Un instant plus tard, quand Vierna, mentalement liée à Dinin, sentit que le premier groupe d'attaque était en place, le « cercle des huit » de la Maison Do'Urden envoya ses ondes mentales à la Maison rivale.

*
* *

Matrone Ginafae, ses deux filles et les cinq principales prêtresses de la Maison DeVir se terraient dans l'antichambre obscure de la chapelle. Depuis que Matrone Ginafae avait appris sa disgrâce, elles s'étaient réunies chaque nuit pour des prières solennelles. Ginafae savait combien son clan serait vulnérable aux attaques tant qu'elle n'aurait pas trouvé un moyen d'apaiser la déesse. Des soixante-six autres clans, vingt au moins étaient susceptibles de profiter de l'aubaine. Cette nuit, elle pressentait quelque sombre événement.

Ginafae fut la première à éprouver une impression de confusion glacée ; touchée par la formidable agression psychique, elle avertit ses officiantes : les prêtresses ennemies attaquaient.

*
* *

La troupe de Dinin se lança silencieusement à l'assaut. Le second fils Do'Urden savoura la facilité avec laquelle ses hommes pénétrèrent dans l'enceinte ennemie.

Les gargouilles, si impressionnantes de loin, assistaient à l'invasion, muettes et impuissantes.

Dinin sentait la fièvre du sang monter autour de lui ; il aurait bientôt peine à contenir ses soldats. Il riait avec eux quand, de temps à autre, un esclave disparaissait, tué par les glyphes protecteurs sur lesquels il trébuchait. Les gobelins désamorçaient les trappes mortelles, ouvrant le chemin aux *vrais* soldats.

Une fois la barricade violée, les forces de la Maison attaquée fondirent sur la première vague d'esclaves. Les soixante guerriers de Dinin chargèrent, les traits tordus par une joie féroce, les lames dressées.

Ils ne firent halte que pour activer leur sortilège de ténèbres insondables, des plus pratiques en la circonstance.

Beaucoup de gens observaient la scène. Ce n'était pas un problème, car les témoins se garderaient bien d'intervenir, ou d'identifier les agresseurs. Mais l'étiquette et la tradition exigeaient que ce genre d'attaque se déroule avec un minimum de discrétion. En un battement de cil, la Maison DeVir devint un point noir dans le paysage urbain de Menzoberranzan.

Rizzen rejoignit son plus jeune fils.

— Très bien, dit-il dans le langage gestuel complexe des Drows. Nalfein est à l'arrière-garde.

— Une victoire facile, mima Dinin avec suffisance. Si Matrone Ginafae et ses prêtresses sont maintenues à distance...

— Aie confiance en Matrone Malice, répondit Rizzen, avant de retourner à son poste.

*
* *

Au-dessus de la Maison DeVir, confortablement installé dans son nuage, Zaknafein regardait le drame. Les troupes de Dinin s'étaient heurtées à une résistance farouche. Elles subissaient de lourdes pertes.

Nalfein et sa brigade, la plus aguerrie en matière de sorcellerie, arrivaient à la rescousse : des éclairs et des boules d'acide magique tombaient dans la cour, massacrant indifféremment les esclaves Do'Urden et les défenseurs DeVir.

Devant la maison, Rizzen et Dinin menaient au combat l'élite de la Maison Do'Urden. La bénédiction de la déesse les accompagnait sûrement, car la résistance des assiégés faiblit vite. En quelques instants, la bataille gagna le cœur de la structure : l'intérieur des cinq stalagmites.

Toujours porté par la brume surnaturelle, Zak plongea sur l'ennemi ; il atterrit dans les appartements supérieurs de la tour centrale. Les deux gardes qui se ruèrent sur lui passèrent une seconde de trop à le localiser dans son brouillard jaunâtre.

Le fouet de Zak s'enroula autour de la gorge du premier, lui broyant la pomme d'Adam. Le second mourut le cœur transpercé par une dague.

Zak suivit le mur incurvé de la tour ; son corps, à une température anormalement basse, se fondait dans la grisaille. Les troupes assiégées se ruaient de tous côtés, cherchant une défense contre les intrus qui avaient déjà investi les étages inférieurs et deux autres tours.

Zak ne se soucia pas du tumulte : il oublia les bruits métalliques, les ordres lancés, les cris d'agonie... Seul lui importait le chant frénétique qu'il entendait et qui guidait ses pas.

Au cœur de la tour, il trouva un corridor désert, couvert de sculptures arachnéennes, qui courait jusqu'à une porte à double vantail.

Une araignée géante jaillit d'un coin obscur.

Zak plongea sous son ventre en un roulé-boulé, et poignarda le bulbe, libérant des fluides gluants. L'araignée mourut sur le coup.

Il traîna la dépouille dans son antre, convaincu d'avoir trouvé le cœur de la Maison DeVir.

Le tumulte des armes se rapprochait ; le combat ne tarderait pas à gagner cet étage. Les défenseurs semblaient avoir repris le dessus.

— *Maintenant*, Malice, chuchota Zak, espérant que Briza percevrait son anxiété. N'arrivons pas trop tard !

*
* *

Malice et ses officiantes poursuivaient leur offensive mentale. Lloth entendit leurs prières, plus fortes que celles des DeVir, et leur accorda les sortilèges les plus puissants. L'une des prêtresses DeVir s'effondra, écrasée par la force psychique de Briza.

Puis le rapport de forces s'équilibra. Prise par les premières douleurs de l'enfantement, Matrone Malice ne parvenait plus à se concentrer.

Voyant apparaître la minuscule tête blanche du nouveau-né, Briza jugea l'instant propice pour transformer la souffrance du travail en violence dirigée contre l'ennemi. Cette manœuvre n'avait plus été tentée depuis des temps légendaires.

Sublimant ses gémissements, Matrone Malice reprit l'incantation létale de sa fille.

— *Dinnen douward ma brechen tol*, implora Briza.

— *Dinnen douward... maaa... brechen tol* ! gémit Malice.

La tête minuscule émergea tout à fait.

Malice reprit son souffle et son courage ; elle sentit les prémices du sortilège aussi clairement que la douleur des contractions. Pour les yeux infrasensibles de ses filles, elle prit l'aspect d'une furie aux contours indistincts, sa sueur rougeoyant comme de l'acier en fusion.

— *Abec*, entonna la Matrone, sentant monter en elle un crescendo. *Abec*. (Elle endura la brûlure de sa chair déchirée, le soudain glissement du bébé, la brusque extase de l'accouchement.) *Abec di'n'a'BREG DOUWARD* ! hurla-t-elle, transmuant sa souffrance en une explosion maléfique dont le souffle projeta ses officiantes à terre.

*
* *

Transporté par la formidable poussée de Malice, le *dweomer* tonna dans la chapelle DeVir. Il fracassa l'idole de Lloth, tordit les gonds de la porte en métal, et jeta à terre la Matrone Ginafae et ses subordonnées.

Impressionné par ce tour de force, Zak entra et repéra les sept occupantes.

Un claquement de fouet fut l'unique explication qu'il offrit après avoir brisé une minuscule boule en céramique. L'éclatante luminosité qui s'en dégagea agressa les yeux des femmes. Leurs cris angoissés guidèrent le maître d'armes vers ses victimes. Il sourit chaque fois que sa lame s'enfonçait dans la chair drow. Quand il crut entendre le début d'un sortilège, il décocha un coup de fouet d'une précision diabolique qui arracha la langue de Matrone Ginafae.

*
* *

Briza plaça le nouveau-né sur l'araignée de pierre précieuse et leva sa dague cérémoniale à la garde en forme de bulbe d'araignée.
— Nomme l'enfant, implora-t-elle. La Reine Araignée n'acceptera pas ce sacrifice si l'enfant ne porte pas de nom.
A peine lucide, Matrone Malice chercha le sens des paroles de sa fille.
— Nomme l'enfant ! ordonna Briza, impatiente de nourrir sa déesse affamée.

*
* *

— La fin est proche, dit Dinin à son frère. Rizzen gagne les niveaux supérieurs, et Zak a dû mener sa tâche à bien.
— Quarante soldats DeVir ont déjà prêté serment à notre Maison, répondit Nalfein.
— Ils voient clair, jubila Dinin. Notre Maison n'est pas moins noble qu'une autre ; et pour les gens ordinaires, aucune d'entre elles ne vaut la peine de mourir. Notre mission sera bientôt terminée.
— Oui, dit Nalfein. Do'Urden, Daermon N'a'shezbaernon, est maintenant la neuvième Maison de Menzoberranzan, et que le clan DeVir soit damné !
— Attention ! s'écria Dinin, les yeux écarquillés d'horreur.
Nalfein réagit instantanément, virevoltant pour

affronter le danger ; il s'exposa ainsi au *véritable* danger. A la seconde où il réalisa son erreur, la lame s'enfonça dans son dos. Dinin posa la tête sur l'épaule de son frère, et pressa sa joue contre là sienne.

— Adieu, très cher frère. (Il lâcha le cadavre.) Dinin est maintenant l'aîné de la Maison Do'Urden, et que Nalfein soit damné.

*
* *

— Drizzt, dit Matrone Malice dans un souffle. Le nom de l'enfant est Drizzt !

Resserrant sa prise sur la dague, Briza entama le rituel.

— Reine des Araignées, prends ce bébé. (Elle leva la dague pour frapper.) Drizzt Do'Urden, nous t'offrons en paiement de notre glorieuse vict...

— Attendez ! cria Maya, de l'autre bout de la pièce. (Son lien psychique avec Nalfein venait de s'interrompre.) Nalfein est mort. Ce nouveau-né n'est plus le troisième fils.

Vierna jeta un coup d'œil à sa sœur. Au même instant, elle avait ressenti chez Dinin une puissante émotion. De l'allégresse ? Elle fit une moue dubitative... Dinin avait dû mener *tous* ses projets à bien.

— Nous avons promis le troisième fils à la Reine Araignée, dit Maya. C'est fait.

— Mais ce n'est pas un sacrifice ! s'insurgea Briza.

Décontenancée, Vierna haussa les épaules.

— Si Lloth accepte Nalfein, ce sera tout comme. Donner un autre fils pourrait éveiller sa colère.

— Ne pas tenir notre promesse serait pire encore ! insista Briza.

— Alors finissons-en, dit Maya.

Briza leva de nouveau sa dague.

— Arrête, ordonna Malice. (Elle se redressa sur sa couche.) Lloth est contente ; la victoire est acquise.

Accueille ton nouveau frère, le dernier membre de la Maison Do'Urden.

— Ce n'est rien qu'un mâle, cracha Briza, dégoûtée.

— Nous ferons mieux la prochaine fois, rétorqua sa mère, amusée, mais doutant qu'il y ait jamais une autre occasion.

Elle approchait de son cinquième siècle d'existence, et les Drows n'étaient pas particulièrement féconds. Briza lui était venue quand elle avait cent ans ; ensuite en quatre siècles, elle n'avait conçu que cinq enfants. Drizzt, le nouveau-né, avait été une surprise. Elle n'espérait plus retomber enceinte.

Epuisée, elle s'abandonna à des rêves de puissance.

*
* *

Zaknafein arpentait les couloirs de la stalagmite centrale ; les ultimes clameurs du combat s'estompaient. La dixième Maison avait vaincu la quatrième ; il ne restait qu'à éliminer les preuves et les témoins. Des prêtresses des castes inférieures insufflaient aux cadavres assez d'énergie pour quitter le théâtre du drame. Ceux qui parviendraient à la Maison Do'Urden seraient ressuscités et renvoyés à leurs tâches.

Zak se détourna en frissonnant de ces colonnes de zombis.

Le groupe suivant était encore plus répugnant : deux prêtresses à la tête d'une horde de soldats usaient de sortilèges de détection pour massacrer les survivants. Un à un, les enfants DeVir tombèrent sous les coups des meurtriers plus cruels qu'une meute de loups.

Zak s'éloigna en toute hâte. Il faillit percuter Dinin et Rizzen.

— Nalfein est mort, déclara Rizzen, impavide.

— J'ai tué le soldat qui a commis ce crime, assura Dinin avec un sourire goguenard.

Zak connaissait le monde depuis quatre cents ans. Il n'ignorait rien des agissements de son ambitieuse race. Les deux frères étaient restés à l'arrière, protégés de l'ennemi par un contingent de soldats. Avant qu'ils rencontrent leur premier DeVir, la majorité des survivants avait dû se rallier à leur clan. Zak doutait que les princes aient seulement vu un épisode du combat.

— La description du carnage de la chapelle est déjà sur toutes les lèvres, continua Rizzen. Tu as fait montre d'excellence, comme de coutume.

Zak lui jeta un regard chargé de mépris, et alla son chemin, sortant du cercle magique de silence et d'obscurité pour émerger dans l'aube obscure de Menzoberranzan. Rizzen était le partenaire actuel de Malice, le dernier d'une longue liste - rien de plus. Quand elle en aurait fini avec lui, il retournerait dans les rangs de la soldatesque, privé du nom de Do'Urden et de tous les privilèges qui s'y rattachaient.

Zak monta sur la butte la plus haute qu'il trouva, dans le champ de champignons, et regarda défiler l'armée victorieuse, suivie de deux douzaines de zombis. Presque tous les esclaves avaient péri, mais les esclaves DeVir capturés étaient deux fois plus nombreux ; une cinquantaine de « bons et loyaux » soldats drows s'étaient joints de leur plein gré aux Do'Urden. Ils subiraient un interrogatoire psychique pour vérification de leur sincérité.

Aucun n'y faillirait : les Drows étaient doués pour survivre et non pour suivre des principes. Ces traîtres recevraient une autre identité, et resteraient quelques mois confinés dans leur nouvelle demeure, le temps que le nom de DeVir sombre dans l'oubli.

Coupant à travers les arbres-champignons, le maître d'armes alla s'étendre sur un lit de mousse, dans un petit vallon isolé. Il contempla les ténèbres éternelles de la voûte rocheuse... et les ténèbres éternelles de sa propre existence.

Il aurait dû garder le silence, c'était un fait. Les

elfes noirs qui avaient assisté à la chute de la Maison DeVir, et savouré le carnage, n'auraient pas dû entendre ses mots. Mais il ne put contenir plus longtemps ses émotions. Ses lamentations montèrent vers quelque dieu inconnu :

— Quel endroit est donc ce monde qui est le mien ? A la lumière, ma peau est noire ; dans les ténèbres, elle brille des feux d'une rage indicible.

« Si seulement j'avais le courage de m'enfuir loin de cette existence, ou de m'élever contre le mal qui s'est emparé de nous. Si je pouvais trouver une manière de vivre qui ne pervertisse pas tout ce que je crois.

« Zaknafein Do'Urden est mon nom, mais je ne suis pas Drow, ni d'élection, ni de naissance. Laissons-les découvrir mon être véritable. Que leurs foudres s'abattent sur mes vieilles épaules déjà écrasées par le poids de Menzoberranzan.

Faisant fi des conséquences, il bondit sur ses pieds et hurla :

— Menzoberranzan, quel genre de démon es-tu donc ?

Mais nul écho ne lui répondit. Alors il chassa les derniers frissons de ses muscles las, et trouva quelque réconfort à flatter la lanière de son fouet - qui venait d'arracher la langue d'une Mère Matrone.

CHAPITRE III

LES YEUX D'UN ENFANT

Appuyé sur le manche de son balai, Masoj, un jeune apprenti - à ce stade de sa formation, il aurait mieux valu dire une « bonne à tout faire » -, regarda Alton DeVir entrer dans la grande salle, à l'étage supérieur de la tour. Il ne put se défendre d'une certaine compassion pour celui qui allait affronter Sans Visage. Mais il éprouvait aussi de l'excitation en pensant aux passes de sorcellerie qu'échangeraient le maître et l'élève. Il approcha en tapinois, se concentrant sur ses coups de balai, pour ne rien perdre de la scène qui allait se dérouler.

*
* *

— Tu as requis ma présence, Maître Sans Visage, commença Alton DeVir, gardant une main sur le front, et plissant les yeux contre la douloureuse clarté des trois chandeliers.

Le dos tourné, le maître se prépara à un coup fatal. Il fallait viser juste. Le sortilège frapperait sans lui laisser le temps de torturer sa victime avec la hideuse nouvelle de l'extermination des siens. Il y avait trop de choses en jeu.

Alton se mordit la langue, étonné d'être convoqué dans les appartements privés d'un maître à une heure indue. S'il avait mal fait ses exercices, le mépris d'un supérieur pourrait lui coûter son diplôme.

Jusque-là, le mystérieux personnage le regardait d'un œil bienveillant... Voulait-il le féliciter de son succès imminent ? C'était très peu probable.

Il entendit une mélopée... Un *sortilège* ! Il se crispa, se souvenant de la règle d'or dans un monde voué au chaos : être prêt.

*
* *

Les portes éclatèrent, provoquant une pluie de copeaux ; le souffle plaqua Masoj contre un mur. Alton émergea en titubant, le dos et le bras gauche fumants, une expression de douleur et de terreur gravée sur son visage.

Il roula à terre : une tentative désespérée d'échapper à son assassin.

Celui-ci apparut sur le seuil de la porte dévastée, invectives aux lèvres.

— Nettoie-moi ça ! lança-t-il à Masoj, qui se relevait, prenant appui sur son balai.

L'apprenti s'empressa d'obtempérer. Puis il suivit Sans Visage à pas furtifs ; il voulait rien rater de la mise à mort.

*
* *

La troisième salle, la bibliothèque privée du maître, était la plus éclairée des quatre pièces de la tourelle. Des douzaines de chandelles étaient accrochées à chaque mur.

— Maudite lumière ! s'exclama Alton, titubant vers le vestibule adjacent.

S'il atteignait la cour extérieure de l'Académie, il pourrait riposter à l'attaque de son maître.

Le monde d'Alton restait celui des ténèbres de Menzoberranzan ; celui de Sans Visage était un univers de lumière, ses yeux s'y étaient accoutumés depuis des décennies.

— Ne t'enfuis pas, DeVir, tonna le bourreau. Tu ne fais que prolonger ton agonie !

— Sois maudit, cracha Alton.

Il aperçut quelque chose d'inhabituel sur un mur, en face de lui. Il recula, recherchant un meilleur angle de vision.

Le carré qui l'intriguait contrastait sur le mur par sa « luminosité ». Une porte ? Il se précipita au centre de la pièce et se força à regarder la lumière.

Quand sa vision devint nette, il fut déconcerté par sa trouvaille : le carré montrait une image de sa propre personne, entourée d'une partie de la salle où il se trouvait. En cinquante-cinq ans d'existence, Alton n'avait jamais rien vu de semblable. Mais il avait entendu les maîtres de Sorcere en parler. C'était un miroir.

Un mouvement lui rappela qu'on le traquait. Il fonça tête baissée dans l'étrange porte.

C'était peut-être un passage secret vers un autre quartier de la ville, ou un portail qui le projetterait dans un plan d'existence inconnu !

Un espoir fou le submergea. Puis ce fut l'impact, la glace qui se brisait, le mur implacable...

Ce n'était peut-être bien qu'un miroir.

*
* *

— Regarde ses yeux, chuchota Vierna à Maya,

tandis qu'elles examinaient le dernier-né de la famille.

Ses yeux étaient vraiment remarquables. Alors qu'il avait à peine une heure d'existence, ses petites pupilles allaient et venaient, curieuses de tout. Le rouge familier des iris adaptés aux ténèbres se nuançait de bleu.

— Des yeux violets ? s'étonna Maya. Il est aveugle ! Peut-être va-t-on quand même le sacrifier à la déesse...

Les elfes drows éliminaient les nouveau-nés qui présentaient une anomalie physique.

— Il n'est sûrement pas aveugle, répliqua Vierna, foudroyant ses deux sœurs du regard. Il suit mes doigts du coin de l'œil.

— Que vois-tu donc, Drizzt Do'Urden ? interrogea Maya, scrutant le petit visage à l'étrange regard. Que vois-tu que nous ne voyons pas ?

*
* *

Le verre brisé crissait sous le poids d'Alton pendant qu'il essayait de se relever.

— Mon miroir ! gémit Sans Visage, atterré.

Aux yeux d'Alton, il paraissait démesurément grand et puissant, cet impitoyable bourreau !

Prostré, le dernier des DeVir sentit qu'une substance visqueuse l'enveloppait ; l'emprise du maître l'empêcha de bouger. Il était aussi impuissant qu'une mouche prise dans une toile d'araignée.

— D'abord ma porte, fulmina Sans Visage, et maintenant mon miroir ! As-tu idée des souffrances que j'ai endurées pour acquérir cet objet hors de prix ?

Alton secoua la tête en tous sens, cherchant à s'extirper de la substance gluante.

— Pourquoi ne t'es-tu pas laissé faire ? tonna le maître.

— Pourquoi..., bafouilla Alton, recrachant un peu de gomme, pourquoi voulez-vous me tuer ?

— Parce que tu as fracassé mon miroir ! cracha l'autre.

La réponse n'avait aucun sens. L'attaque avait été lancée *avant* la triste fin du miroir. Mais Alton s'en fichait : il cherchait à gagner du temps.

— Tu connais ma lignée, poursuivit-il, indigné. Matrone Ginafae ne sera pas contente. Une grande prêtresse ne peut ignorer longtemps de pareilles exactions !

— La Maison DeVir ? s'esclaffa Sans Visage. Pauvre écervelé ! Elle n'existe plus ! (Alton blêmit.) A cet instant, Ginafae a loisir de contempler de près le visage de sa déesse. (L'expression d'horreur de sa victime lui plut.) Tous morts, sauf ce pauvre fou d'Alton, qui respire encore ! Une négligence qui sera vite réparée !

Il leva les mains pour lancer le sortilège fatal.

— Qui ? s'écria Alton.

Surpris, le maître suspendit son geste.

— Quelle Maison ou quelle coalition de Maisons a exterminé les DeVir ?

— Ah oui, tu devrais savoir, en théorie. C'est ton droit, jubila Sans Visage. Tu vas bientôt les rejoindre au royaume des morts.

Un sourire agrandit l'orifice qui, jadis, avait été une bouche.

— Meurs sans connaître la réponse, monstre ! Tu as brisé mon miroir ! Meurs dans le tourment !

Sans Visage tressaillit, la poitrine prise de convulsions ; il gargouilla des malédictions en une langue inconnue de l'étudiant terrorisé. Quel terrible maléfice le maître défiguré s'apprêtait-il à lancer, pour maintenir Alton à l'écart du savoir ? Le sorcier poussa un profond soupir et tourna sur lui-même.

Interdit, Alton découvrit le carreau qui vibrait encore, fiché entre les omoplates du maître. Au centre de la pièce, très calme, se tenait le jeune apprenti balayeur.

— Belle arme que celle-ci, maître ! exulta Masoj, maniant d'un air ravi une arbalète richement sculptée.

Il lança un regard mauvais à Alton et encocha un second carreau.

*
* *

Matrone Malice se hissa sur sa chaise.

— Ecartez-vous ! ordonna-t-elle à ses filles.

Maya et Vierna se hâtèrent de s'éloigner du nouveau-né, que la mère vint examiner. L'enfant semblait en parfaite santé. C'était une bonne chose ! Il allait devoir remplacer Nalfein, un fils valeureux. Intriguée par les pupilles aux reflets violets, Malice demanda une chandelle à Briza. Après avoir accoutumé sa vue à la lumière et masqué d'une main les yeux de l'enfant, elle approcha la chandelle en écartant doucement les doigts.

— Il ne pleure pas, remarqua Briza, étonnée.

— Pourpres... Ils restent pourpres, dit Malice, ne prêtant aucune attention aux divagations de sa fille. Ses yeux sont pourpres dans l'obscurité et à la lumière.

Vierna sursauta en regardant de nouveau les pupilles couleur lavande de l'enfant.

— C'est ton frère, lui rappela Malice, interprétant son mouvement de recul comme un mauvais présage. Quand il grandira, et qu'il te transpercera de son regard, souviens-toi, sur ta vie, qu'il est ton frère.

Vierna retint des paroles qu'elle risquait de regretter. Les exploits de sa mère avec à peu près tous les soldats mâles de leur clan (et d'autres, que la séduisante Matrone parvenait à détourner) étaient légendaires à Menzoberranzan. Qui était-elle pour rappeler aux autres les règles de bonne conduite et de prudence ?

— Il est tien, prépare-le, ordonna Matrone Malice, les yeux plissés.

— Maya est plus jeune. Je pourrais devenir grande prêtresse d'ici quelques années, si je me consacre à mes études.

— Ou jamais, lui rappela sa mère, si j'en décide autrement. Amène le bébé à la chapelle. Sèvre-le de paroles, et apprends-lui ce qui lui sera utile pour devenir un page de la Maison Do'Urden.

— Je vais y veiller, proposa Briza, une main glissant sur le manche de son fouet. J'adore enseigner aux mâles quelle place est la leur !

— Tu es une grande prêtresse, coupa Malice. Tu as des tâches plus importantes à accomplir. (Elle se tourna vers Vierna :) Le bébé est tien : ne me déçois pas ! Les leçons que tu dispenseras à Drizzt amélioreront ton propre entendement de nos coutumes. Cet exercice de « maternité » sera un atout pour ton accession à la prêtrise.

Vierna soupira, gardant pour elle ses pensées. La tâche qui venait de lui échoir à son corps défendant lui prendrait au moins dix ans. Mais la colère de Matrone Malice serait bien plus pénalisante si elle n'obéissait pas.

*
* *

Alton recrachait les derniers filaments gluants.

— Tu n'es qu'un adolescent, un apprenti, bégaya-t-il. Pourquoi... ?

— ... l'ai-je tué ? Pas pour te sauver. (Il cracha sur la dépouille de Sans Visage.) Regarde-moi : un prince de la sixième Maison, promu balayeur pour servir cette épave...

— Hun'ett ! s'exclama Alton. C'est la Maison Hun'ett, la sixième.

— Au fait..., souffla le garçon avec une moue boudeuse, nous sommes la *cinquième* Maison maintenant !

— Pas encore ! gronda Alton.

— Ce n'est qu'une question de minutes, l'assura Masoj, se préparant à tirer. J'imagine que je devrais t'en être reconnaissant. Il y a longtemps que je voulais l'abattre...

— Pourquoi ? Tu t'es permis de tuer un maître de Sorcere simplement parce que ta famille t'avait donné à lui pour que tu le serves ?

— Il m'avilissait ! explosa Masoj. J'ai rampé quatre ans devant ce charognard ! J'ai ciré ses bottes, préparé de l'onguent pour son faciès à vomir, tout ça sans jamais le satisfaire ! (Il cracha sur la carcasse, se parlant à lui-même :) Les nobles qui aspirent à devenir sorciers ont le malheur d'être choisis comme apprentis avant d'être en âge d'intégrer Sorcere...

— Bien sûr, commenta Alton. Moi-même, j'ai étudié sous...

— Il avait l'intention de ne jamais me laisser entrer à Sorcere ! Il voulait m'envoyer à Melee-Magthere, l'école de guerre ! L'école de guerre ! Mon vingt-cinquième anniversaire est dans deux semaines. (Il se souvint qu'il avait un interlocuteur.) Je savais que je devais le tuer. Tu es venu, et tu m'as facilité la tâche. Un maître et son étudiant qui s'entre-tuent, ça s'est déjà vu. Oui, je devrais te remercier, Alton DeVir d'aucune Maison, acheva-t-il avec une révérence.

— Attends ! s'écria Alton. Pourquoi me tuer ?

— J'ai besoin d'un alibi.

— Mais tu l'as déjà ! A nous deux, il serait meilleur encore.

— Explique-toi, demanda Masoj, qui avait tout son temps.

— Libère-moi... J'endosserai l'identité du mort, et nous brûlerons sa dépouille comme si c'était celle d'Alton DeVir. Sa Maison n'existant plus, il n'y aura aucune vengeance à redouter. (Masoj eut l'air sceptique.) Réfléchis, Sans Visage était un véritable ermite ; après trente ans d'études, je suis certainement capable de jouer son rôle !

— Et qu'ai-je à y gagner ?

Alton faillit s'étrangler de stupeur dans la gomme visqueuse.

— Un maître de Sorcere qui sera ton mentor ! Un maître qui aplanira les difficultés sous tes pas !

— Et qui se débarrassera d'un témoin encombrant dès que possible, ajouta Masoj, pas plus bête que cela.

— Qu'aurais-*je* à y gagner ? rétorqua Alton. Pourquoi me faire une ennemie de la cinquième Maison, quand je n'ai aucun clan qui me protège ? Non, jeune Masoj, je ne suis pas aussi stupide que Sans Visage voulait bien le dire.

Masoj réfléchit. Un allié parmi les maîtres de Sorcere ? Voilà qui lui ouvrait des perspectives.

Une idée lui vint à l'esprit : il alla fouiller une armoire sans s'inquiéter des précieux flacons qu'il brisait dans sa hâte. Il revint près de l'elfe recroquevillé.

— Ceci m'appartient, expliqua-t-il, exhibant une petite figurine d'onyx qui représentait une panthère en train de chasser. Un présent d'un citoyen des plans inférieurs, qui me devait quelque reconnaissance...

— Tu es venu en aide à une telle créature ? s'étonna Alton.

Comment un jeune apprenti avait-il pu survivre à une rencontre avec une de ces entités puissantes et dangereuses ?

— Sans Visage... (Il décocha un autre coup de pied au cadavre.) Ce pourceau en a usurpé tout le mérite, mais l'exploit et la figurine me revenaient de droit. Tout le reste t'appartiendra, bien entendu. Je connais les *dweomers* magiques et je t'aiderai.

Alton sentit l'espoir renaître en lui ; tout ce qu'il voulait, c'était se libérer de cette toile d'araignée et continuer à vivre. Masoj se détourna soudain.

— Où vas-tu ?

— Chercher de l'acide.

— De l'acide ? répéta Alton, pris d'un sombre pressentiment.

— Il te faut un déguisement parfait, l'informa son complice. Sinon, tu n'irais pas loin. Profitons que tu es immobile, ce sera plus facile.

— Non ! protesta DeVir.

Masoj fit volte-face, tout sourire.

— Cela semble beaucoup de tourment et de douleur pour un seul homme, admit-il. Tu n'as plus ni famille ni alliés à Sorcere, puisque Sans Visage était l'objet du mépris général. (Il pointa l'arbalète entre les deux yeux d'Alton, armant le second carreau empoisonné.) Peut-être préfères-tu la mort ?

— Va chercher de l'acide !

— Pour quoi faire ? railla Masoj. Quelle raison as-tu de vivre encore, Alton DeVir d'aucune Maison ?

— La vengeance ! cracha le prisonnier, avec une hargne qui surprit l'apprenti, pourtant sûr de lui. Tu n'as pas encore appris cela, mais ça viendra, jeune étudiant : aucune force au monde n'est supérieure à la soif de vengeance !

Masoj baissa son arbalète ; il regarda le captif avec un respect nouveau.

— Va chercher de l'acide, répéta Alton, un sourire de défi sur les lèvres.

CHAPITRE IV

LA PREMIÈRE MAISON

Quatre cycles de Narbondel - soit quatre jours - plus tard, un grand disque de couleur bleue planait sur le sentier bordé de champignons qui menait au portail de la Maison Do'Urden. Les gardes en informèrent leurs chefs.

Zak alla enquêter : l'objet portait l'emblème de la Maison Baenre.

On ouvrit le portail et le disque avança sans esquisser de mouvement hostile.

— Il semble qu'on veut te voir, Mère Matrone, déclara nerveusement Dinin.

— Ont-ils eu vent de notre attaque ? demanda Briza dans le langage silencieux de sa race.

Tous, nobles et gens du commun, se posaient la même question gênante.

Après l'extermination des DeVir, une convocation de la première Matrone de Menzoberranzan ne pouvait pas être une coïncidence.

— Toutes les Maisons le savent, déclara Malice à voix haute, ne voyant pas l'utilité du secret sous son toit. Les preuves sont-elles si accablantes que le conseil serait contraint de prendre des mesures ?

Elle décocha à sa fille un regard dur, où se mêlaient la lueur rougeoyante de l'infravision et le vert profond que reflétaient ses yeux sous la lumière.

— Tu es certaine que tout ira bien ? s'inquiéta Rizzen.

Si Malice était tuée, Briza prendrait la tête du clan... Rizzen avait tout intérêt à ce que la Matrone actuelle reste en bonne santé.

— Ta sollicitude me touche beaucoup, railla Malice en se détournant.

L'inquiétude de ses proches commençait à lui peser.

N'était-elle pas la plus forte et la plus sage Mère Matrone de la ville ?

— Exécute ta mission, ordonna-t-elle au disque magique, et qu'on en finisse !

— Matrone Malice Do'Urden, dit une voix surnaturelle, Matrone Baenre te présente ses salutations. Votre dernier entretien remonte à deux ans.

— Alors, emmène-moi à la Maison Baenre, coupa Malice.

Elle lévita et vint prendre place dans le disque, qui repassa le portail.

Zak fit suivre le véhicule magique par ses espions.

*
* *

Sitôt que le disque fut hors du domaine des Do'Urden, une vingtaine de guerrières de la Maison Baenre sortirent de l'ombre pour former un diamant protecteur autour de l'illustre voyageuse. A chaque pointe de la formation marchait une guerrière en toge noire qui portait dans le dos l'image d'une grande araignée pourpre.

C'étaient les propres filles de Baenre, remarqua Malice ; seules des enfants de la noblesse atteignaient un tel rang.

Quel luxe de précautions !

Esclaves et elfes ordinaires s'écartaient en toute hâte du royal cortège qui suivait les rues sinueuses. Nul n'aurait voulu éveiller la colère de Baenre en se mettant en travers du chemin de son « invitée ».

Malice espéra qu'elle atteindrait un jour un degré de puissance comparable.

La demeure royale était un complexe de vingt stalagmites reliées par des ponts et des passerelles aux audacieuses envolées. Des feux féeriques jaillissaient d'un millier de sculptures ; une centaine de sentinelles arpentaient les abords du palais en formations impeccables.

Encore plus frappantes étaient les structures inverses : les trente stalactites plus petites de la Maison Baenre effleuraient de leur pointe les stalagmites. Les balcons environnants scintillaient de tous leurs feux.

La magie cimentait la barrière de stalagmites qui entourait l'ensemble : une gigantesque toile d'argent contrastant avec le bleu du palais. La rumeur prétendait que cette toile, aux fils aussi épais que des bras, était un présent de la déesse. Rien ni personne ne pouvait s'en dépêtrer si la Matrone ne le voulait pas.

Malice et son escorte passèrent le portail.

En vue du grand dôme central, les soldats rompirent les rangs. Seules les quatre grandes prêtresses accompagnèrent la Matrone Do'Urden à l'intérieur.

De l'autel central partaient des douzaines de rangées de bancs ; deux milliers d'elfes auraient pu y prendre place. Au-dessus de l'autel planait une image rouge et noire qui changeait sans cesse de forme, tantôt araignée, tantôt superbe jeune femme drow.

— C'est l'œuvre de Gomph, mon premier sorcier, expliqua Matrone Baenre, depuis l'autel. Impressionnant, n'est-ce pas ? Les sorciers sont parfois utiles...

— Quand ils savent rester à leur place, dit Malice en descendant de son curieux véhicule.

— Exact ! Les mâles sont tellement présomptueux ! Enfin, Gomph a été nommé Archimage de Menzoberranzan, et je ne le vois plus beaucoup, ces derniers temps...

Malice acquiesça en silence. Elle savait que le fils de Baenre était le thaumaturge en chef de la ville. Sa fille, Triel, était Première Maîtresse de l'Académie, une position qui la subordonnait seulement aux Matrones familiales.

Matrone Baenre adorait rappeler sa puissance par de petites allusions... Nul doute qu'elle en ferait d'autres !

Malice avança et une créature émergea des ombres. Avec écœurement, elle identifia un Illithid. Plus grands que les elfes, ils se reconnaissaient à leur énorme tête gluante évoquant une pieuvre aux yeux blancs dépourvus de pupilles.

Malice se ressaisit. Les Flagelleurs Mentaux n'étaient pas inconnus à Menzoberranzan. Ces êtres, plus intelligents et maléfiques que les Drows, inspiraient presque toujours la répulsion. Matrone Baenre s'était pourtant acoquinée avec l'un d'eux.

— Tu peux l'appeler Methil, dit Matrone Baenre. C'est un ami. Tu as raison, il va me donner l'avantage au cours de notre conversation, car tu n'es pas habituée aux Illithids.

— Tu lis dans mes pensées ! protesta Malice.

Bien peu de gens pouvaient s'introduire dans l'esprit d'une grande prêtresse ; cette intrusion était un crime de la pire espèce.

— Non, corrigea Baenre, immédiatement sur la défensive. C'est Methil qui lit les pensées aussi aisément que toi ou moi entendons les mots. Il communique par télépathie. Sur ma foi, je ne m'étais même pas rendu compte que tu n'avais pas parlé à voix haute.

Baenre fit un signe à son monstre familier, qui s'éloigna à regret.

Malice le regarda quitter la salle. De nombreuses prêtresses devaient évoluer dans les ombres ; il fallait rester vigilante.

Elle dissimula son dégoût pour Baenre, dont les yeux contemplaient le monde depuis plus d'un millénaire alors que les Drows dépassaient rarement leur septième siècle - et presque jamais leur huitième. S'ils paraissaient rarement leur âge (Malice était aussi belle et vibrante qu'à son centième anniversaire), Matrone Baenre, elle, était flétrie et usée. Les rides pinçant la commissure de ses lèvres évoquaient une toile d'araignée, et ses paupières flasques avaient du mal à ne pas tomber sur ses yeux... Elle aurait dû être morte, et vivait pourtant.

Qui plus est, elle était enceinte, à quelques semaines d'accoucher.

Là encore, elle défait les normes : elle avait déjà donné le jour à vingt enfants, soit deux fois plus que la moyenne des femmes. Quinze de ses rejetons étaient des filles, toutes grandes prêtresses ! Dix étaient plus âgées que Malice !

— Combien de soldats sont à tes ordres, Malice ? s'enquit Baenre, se penchant pour souligner son intérêt.

— Trois cents.

— Oh... J'avais cru trois cent cinquante.

Malice fit une grimace. Baenre faisait une allusion un peu perfide aux cinquante nouvelles « recrues » récupérées lors du raid.

— Trois cents, répéta-t-elle.

— Bien sûr, bien sûr...

— La Maison Baenre compte plus de mille soldats dans ses rangs ? demanda Malice qui aurait bien voulu reprendre le contrôle de la conversation.

— Depuis de nombreuses années, siffla Baenre.

Malice s'étonna de nouveau qu'une momie pareille soit encore en vie.

Plusieurs de ses filles devaient vouloir sa place.

Pourquoi ne s'étaient-elles pas alliées pour se débarrasser de leur mère ? Pourquoi les plus âgées n'avaient-elles pas fondé leur propre clan, comme c'était la règle quand les filles des nobles passaient leur cinq centième anniversaire ? Tant qu'elles restaient sous la domination maternelle, les *prétendantes* étaient à peine mieux traitées que la plèbe.

— Tu as entendu parler des malheurs de la Maison DeVir ? demanda Baenre.

— Quelle Maison ? répondit Malice, déterminée à ne pas s'en laisser conter.

Désormais, la Maison DeVir n'existait plus ; elle n'avait jamais existé.

— Bien sûr, bien sûr... Tu es la Mère Matrone de la neuvième Maison, à présent. C'est un grand honneur.

— Moins grand que d'être celle de la huitième Maison.

— Oui, acquiesça Baenre, mais tu n'es plus qu'à un siège du Conseil.

— Ce serait un honneur, bien sûr.

Malice commença à comprendre que Baenre ne se contentait pas de la taquiner. Elle la félicitait, l'encourageant à de plus hauts faits d'armes. Malice jubila à cette pensée : Baenre bénéficiait des suprêmes faveurs de la déesse. Si elle était satisfaite de l'ascension de la Maison Do'Urden, Lloth le serait également.

— Ce n'est pas aussi excitant que tu le crois..., répondit Baenre. Nous sommes un petit groupe de vieilles femmes qui se réunissent pour savoir comment fourrer leurs nez partout.

— La cité accepte vos lois.

— A-t-elle le choix ? Mais le véritable pouvoir est entre les mains des Maisons. Lloth ne donnerait jamais son aval à un Conseil omnipotent. Ne crois-tu pas que la Maison Baenre aurait conquis Menzoberranzan depuis longtemps si telle avait été la volonté de la Reine Araignée ?

Malice se redressa sur son siège, émoustillée par tant de désinvolture.

— Plus maintenant bien sûr, expliqua Baenre, la ville est devenue trop grande. Avant ta naissance, une telle conquête n'aurait rien eu de difficile. Mais ce n'est pas notre propos. Lloth encourage la diversité. Il lui plaît que la puissance des maisons s'équilibre et se complète. Même s'il est légitime d'écraser celles qui faillissent...

Une autre allusion directe... Le reste de la conversation fut très agréable.

Sur le chemin du retour, Malice ne souriait plus : cette entrevue avait eu deux objectifs. La féliciter à mots couverts de son coup de force, *et* lui rappeler de ne pas nourrir de trop hautes ambitions.

CHAPITRE V

SEVRAGE

Durant cinq longues années, Vierna consacra chaque instant de sa vie à Drizzt. Il ne s'agissait pas tant de soins que d'endoctrinement. L'enfant devait acquérir le langage et les aptitudes motrices, comme tous les rejetons des races intelligentes. Mais un elfe drow devait *surtout* être formé aux principes qui permettaient à cette société de survivre malgré son essence chaotique.

Vierna passa des heures à lui répéter qu'il était inférieur aux femelles de la race. Dans la chapelle n'évoluait du reste aucun mâle, sauf pour les rares rites communs. Même alors, Drizzt gardait la tête baissée.

Quand il fut en âge d'obéir, Vierna passa des jours à lui enseigner le code de communication silencieuse basée sur des mouvements faciaux, gestuels et corporels complexes.

Histoire de lui en remontrer, elle lui faisait aussi nettoyer chaque jour la chapelle de fond en comble...

A son dixième anniversaire, Drizzt deviendrait page au service de la famille et Vierna recevrait son dû.

— Monte me nettoyer ça, ordonna-t-elle à son jeune frère.

Elle désignait une statue de Drow nue placée à six mètres du sol. Déconcerté, Drizzt leva la tête ; il n'avait aucun appui. Il chercha quand même une première prise, sachant de quelle façon la désobéissance, l'hésitation même, étaient punies.

Le fouet !

— Lévite, imbécile ! gronda-t-elle.

Le petit visage se plissa d'incompréhension.

— Tu es un noble de la Maison Do'Urden ! cria-t-elle, exaspérée. Ou du moins, tu mériteras un jour cette distinction. Dans la bourse passée à ton cou, tu portes notre amulette. Elle est le réceptacle d'une puissante magie.

Elle n'était pas sûre que Drizzt soit préparé à la difficulté ; il était plus difficile de léviter que d'entourer les objets et les gens d'une aura magique ou d'invoquer des globes de ténèbres. L'amulette des Do'Urden amplifiait un don congénital qui se déclarait habituellement à l'âge adulte. Si les nobles pouvaient léviter une fois par jour en moyenne, les Do'Urden, grâce à leur amulette, le faisaient à volonté.

Vierna n'aurait jamais tenté cela avec un enfant ordinaire, mais Drizzt était si prometteur qu'elle ne voyait aucune raison de ne pas essayer.

Il suivit ses instructions et se concentra sur son amulette, dont son intuition enfantine avait deviné la puissance. Il sentit les vibrations de l'énergie magique se communiquer à ses muscles.

Il inhala profondément, chassant toute pensée parasite pour se concentrer sur la statue à nettoyer. Son corps se fit plus léger, ses talons décollèrent du sol...

Il se tourna vers Vierna, émerveillé... et retomba lourdement.

— Stupide mâle ! clama-t-elle. Essaie encore ! Un millier de fois, s'il le faut !

Le fouet ne l'effrayait pas. Il réussirait, il le savait. Il laissa de nouveau l'énergie magique l'envahir. Sa sœur ne doutait pas de lui : son jeune esprit était aussi vif que celui de n'importe quel elfe adulte de sa connaissance. L'enfant était têtu ; il ne se laisserait pas vaincre par la magie. Vierna savait qu'il essaierait jusqu'à épuisement.

Elle le vit passer par une série de demi-échecs et de demi-succès ; une fois, il tomba d'une hauteur de trois mètres sans laisser échapper la moindre plainte.

— Il est encore trop jeune pour cela, dit une voix dans le dos de Vierna.

— Peut-être, répondit-elle à sa sœur. Mais mieux vaut le laisser essayer avant d'en juger.

— Fouette-le quand il échoue, suggéra Briza, caressant son fouet à six lanières. Ça l'inspirera...

— Mêle-toi de ce qui te regarde, lui rétorqua Vierna. Drizzt est à moi ; je n'ai nul besoin de ton aide !

— Surveille tes propos quand tu t'adresses à une grande prêtresse, l'avertit Briza.

— Matrone Malice ne sera pas contente de savoir que tu t'occupes du petit...

A la mention de Malice, Briza lâcha le manche de son fouet.

— Pauvre enfant ! Tu es trop faible pour l'éduquer. Les mâles ont besoin de discipline.

La menace de Vierna l'incita à s'éloigner sur ces fortes paroles.

Pendant ce temps, Drizzt faiblissait ; ses pieds ne parvenaient plus à décoller du sol.

— Assez ! ordonna sa soeur.

— Je le ferai ! répliqua-t-il.

Elle apprécia sa détermination, mais pas le ton dont il usait. Briza n'avait peut-être pas tort. Elle attrapa son fouet... Un peu d'*inspiration* pouvait s'avérer utile, à long terme.

*
* *

Le jour suivant, elle le regarda s'acharner à polir la statue de la Drow nue.

Il avait réussi du premier coup, mais sans lui adresser de sourire émerveillé ; déçue, elle n'avait pu se défendre d'un pincement au cœur.

Ses petites mains travaillaient à un rythme furieux, mais elle voyait surtout les plaies sur son dos nu, traces de leur « discussion » de la veille.

Elle comprenait la nécessité des châtiments corporels, en particulier pour les petits mâles. Devenus adultes, très peu d'elfes levaient la main sur une femme, à moins d'y être incités par d'autres femmes.

— Qu'y perdons-nous ? s'interrogea Vierna à haute voix. Que pourraient devenir les jeunes enfants comme Drizzt si nous ne les brisions pas ?

S'entendant prononcer ces paroles blasphématoires, elle frissonna d'angoisse. Elle aspirait à devenir une grande prêtresse de Lloth l'Impitoyable. Des idées pareilles pouvaient la disqualifier.

Elle lança un regard furieux à son petit frère, inspirateur de ces hérésies. Elle s'empara de son fouet ; il allait falloir le châtier encore.

*
* *

Ainsi vécurent le frère et la sœur pendant cinq longues années de plus. Drizzt apprenait les bases de la culture drow sans cesser de briquer la grande chapelle. En dehors de la suprématie féminine (inculquée à coups de fouet), les leçons les plus frappantes concernaient les elfes de la surface, les *féeriques.*

Les empires maléfiques fabriquent des ennemis de toutes pièces pour y déverser leur haine ; nul n'y réussissait mieux que celui des Drows. Les bébés apprenaient au berceau à accuser leurs cousins « blancs » de tous les maux.

Chaque fois que les lanières du fouet de Vierna venaient mordre sa chair, Drizzt hurlait sa haine contre un elfe blanc, lui souhaitant toutes les souffrances possibles.

La haine résultant d'un bourrage de crâne ne se soucie jamais de logique.

DEUXIÈME PARTIE

LE MAÎTRE D'ARMES

Des heures vides, des journées vides.
Il me reste peu de souvenirs des seize premières années de mon existence, où je peinais comme serviteur. Une longue suite stérile d'instants placés les uns après les autres. Quand je parvenais à gagner en secret le balcon de la Maison Do'Urden, les lueurs magiques de Narbondel, le pilier-horloge, m'émerveillaient. Lorsque je me souviens des heures passées à contempler ces feux, je suis stupéfait de l'inanité de mes premiers jours.

Je me rappelle avec netteté la sensation enivrante éprouvée chaque fois que je m'aventurais hors de la maison pour me gorger de cette splendide vision, une petite chose tellement satisfaisante en regard du reste de mon existence.

Chaque fois que j'entends claquer un fouet - c'est plus une mémoire sensorielle qu'un véritable souvenir -, d'autres sensations courent le long de mon échine. Le coup cinglant, puis la douleur lancinante ne sont pas des choses qui s'oublient de sitôt. Les muscles se tétanisent au-delà du supportable.

J'ai pourtant eu plus de chance que les autres. Ma sœur Vierna était près de devenir grande prêtresse quand lui incomba la tâche de m'élever. A cette période de sa vie, elle avait de l'énergie à revendre, sans doute plus qu'il n'en fallait pour une tâche somme toute facile. Cependant, elle ne montra jamais l'intense méchanceté de notre mère, et surtout de notre sœur aînée, Briza. Il y eut peut-être de bons moments dans la solitude de la chapelle ; il m'arrive parfois de penser qu'elle m'aimait un peu.

Est-ce un vœu pieux ?

Même si Vicrna est la plus douce de mes sœurs, le venin de Lloth courait dans ses veines. Elle n'aurait pas mis en danger ses ambitions pour protéger un mâle.

Allons, mes dix premières années ont peut-être été plus douloureuses que les suivantes, ce qui expliquerait pourquoi je refuse de m'en souvenir ! Comment savoir ? Malgré mes efforts, je n'en revois rien.

Quant aux six suivantes, où je servais à la cour de Matrone Malice, elles m'ont surtout laissé le souvenir de mes pieds et du sol.

Car un page n'a jamais le droit de relever la tête.

Drizzt Do'Urden

CHAPITRE VI

« DEUX-MAINS »

N'ayant nulle envie de goûter une fois encore au fouet de sa sœur aînée, Drizzt se hâta de répondre à l'appel de sa mère.

— Sais-tu ce que représente ce jour ? demanda Malice, du haut de son trône, dans la noire antichambre.

— Non, Mère Matrone, répondit Drizzt.

Il retint un soupir.

Il doit y avoir plus dans la vie que des dalles et des doigts de pieds ! se dit-il.

— Cela fait seize ans que tu respires l'air de Menzoberranzan. Une importante partie de ta vie est terminée.

Drizzt ne broncha pas. Un jour de plus ou de moins, dans cette morne existence, ne pouvait rien changer. Il frissonna en songeant à ce que lui réservaient les prochaines décennies.

— Regarde-moi, ordonna Malice.

Comment combattre un réflexe acquis à coups de fouet ? La servitude était le lot des pages. Même les araignées étaient au-dessus de leur condition. Porter le regard sur elles était sacrilège.

Malice répéta l'ordre sur un ton présageant le pire. Ses colères explosives, incroyablement cruelles, faisaient fuir jusqu'à la terrible Briza.

Il leva la tête, hésitant, prêt à la rentrer dans les épaules quand les premiers coups pleuvraient.

Il dévisagea la puissante Matrone Malice Do'Urden ; elle ne semblait pas en colère.

— Ton service de page s'achève. Tu es le second fils de la Maison Do'Urden, et tous les privilèges...

Il baissa machinalement les yeux.

— Regarde-moi ! tonna-t-elle, rouge de rage.

Terrifié, il releva la tête et vit arriver un coup qu'il fut assez sage pour ne pas tenter d'éviter.

La seconde suivante, il roulait à terre, la joue meurtrie.

— Tu n'es plus un valet ! rugit-elle. Continuer à te conduire de la sorte déshonorerait ta famille. (Elle l'attrapa par le col et le remit rudement sur ses pieds.) Si tu nous fais honte, j'enfoncerai des aiguilles dans tes pupilles pourpres.

Il ne cilla pas. Après six ans passés à servir la famille, il avait appris à connaître Matrone Malice, et les subtiles ramifications de ses menaces. Elle était sa mère - pour ce que cela pouvait signifier - et prendrait grand plaisir à lui crever les yeux si elle en avait l'occasion.

*
* *

— Celui-là est différent, dit Vierna. Pas seulement à cause de son regard.

— De quelle façon alors ? demanda Zaknafein, intrigué mais prudent.

La sœur de Drizzt venait enfin d'être nommée grande prêtresse.

— C'est difficile à dire, admit-elle. Il est d'une

intelligence remarquable ; il a lévité à l'âge de cinq ans. Pourtant, il a fallu des semaines de châtiment pour qu'il apprenne à baisser les yeux, comme si cela était étranger à sa nature.

— *Etranger* ? murmura Zak, quand la femme se fut éloignée.

Foutaises ! C'était inhabituel pour un elfe drow, mais nullement surprenant pour un rejeton issu de *ses* reins.

Il rejoignit le conseil familial dans la chapelle toujours plongée dans la pénombre.

— Matrone Malice, commença Vierna de son ton le plus obséquieux, je t'amène Zaknafein, ainsi que tu l'as requis.

Zak vint saluer Malice. Le plus jeune des Do'Urden dénudé jusqu'à la taille, se tenait près de sa mère.

L'exaltation transfigura le jeune elfe quand Briza, psalmodiant les incantations idoines, posa sur ses épaules le manteau de camouflage magique.

— Bienvenue, Zaknafein Do'Urden, déclara Drizzt, stupéfiant la salle.

Matrone Malice ne lui avait pas accordé le privilège de parler, et il n'avait même pas demandé la permission !

— Je suis Drizzt, second fils de la Maison Do'Urden, et non plus un simple page. Je peux te regarder dans les yeux maintenant, au lieu de contempler tes bottes. C'est Maman qui me l'a dit.

Le sourire de Drizzt s'évanouit quand il remarqua la mine empourprée de « Maman ».

Vierna était pétrifiée, les yeux ronds de stupeur.

Zak se pinça les lèvres des doigts pour masquer son sourire. Il n'avait plus vu Malice rouge à ce point depuis des lustres !

Briza saisit son fouet à tout hasard. Mais elle ne le brandit pas.

La voir hésiter à punir était une première.

Drizzt se figea. Une lueur malicieuse dansait au

fond de ses yeux. Son irrespect était plus le fait de l'inexpérience que du désir de choquer.

Le maître d'armes détourna l'attention de la Matrone.

— Second fils, prétends-tu ? dit-il d'un air impressionné pour flatter la fierté de Drizzt et apaiser Malice. Il est temps de t'entraîner.

Malice maîtrisa sa colère, une autre première :

— Tu lui enseigneras seulement les techniques essentielles, Zaknafein. S'il doit remplacer Nalfein, sa place sera à Sorcere. Rizzen aura la charge de le préparer, en usant de ses talents - si limités soient-ils- pour les arts occultes.

— Es-tu si certaine que sa destinée soit la sorcellerie, Matrone ? s'inquiéta Zak.

— Il semble intelligent. (Elle lança à Drizzt un regard furieux.) *La plupart du temps*, en tout cas. Vierna m'a fait part de ses progrès dans la maîtrise de la lévitation. Notre Maison a besoin d'un nouveau sorcier... (Elle se souvenait encore, seize après, d'avoir vu Baenre toute fière d'avoir pour fils l'Archimage de la cité.) Sorcere semble la voie logique.

Zak tira une pièce de sa bourse :

— Si nous voyions cela ?

— Comme tu voudras, accepta Malice, peu surprise de voir le maître d'armes pressé de lui prouver qu'elle avait tort.

Drizzt fit ce qu'on lui disait, comprenant mal ce qui se passait ; il lança la pièce dans les airs, la rattrapa et la redonna à Zak, qui le pria de recommencer de l'autre main.

Le geste n'avait rien d'extraordinaire, mais la grâce et l'agilité du garçon étaient un plaisir pour les yeux.

Rattraper deux, puis trois, puis quatre pièces ne lui posa pas le moindre problème.

— *Deux-Mains*, dit Zak à Malice. Celui-ci est un guerrier. Sa place est à Melee-Magthere.

— J'ai vu des sorciers accomplir ce genre de

prouesses, objecta Malice, exaspérée par la suffisance du maître d'armes.

Il avait été son mari un temps ; il restait son amant à l'occasion. Ses dons naturels et son agilité ne se limitaient pas aux armes. Mais au-delà des plaisirs qu'il lui dispensait - et auxquels il devait d'être encore en vie -, l'homme lui causait également quantité de maux de tête. Il était le maître d'armes le plus doué de Menzoberranzan, un autre atout qu'elle ne pouvait ignorer ; mais son dédain, son *mépris* même, de la Reine Araignée, un peu trop ouvertement affiché, avait valu bien des tracas à la Maison Do'Urden.

Drizzt rattrapa six pièces ; Malice ne put s'empêcher d'admirer son agilité.

Zak fit monter les enchères, étudiant la concentration du jeune Drow, qui avait conscience de vivre un moment déterminant.

Zak lança dix pièces d'un claquement de doigt. Drizzt vit aussitôt qu'il ne les rattraperait pas en restant immobile.

Il se déplaça avec une rapidité sidérante, dessinant un cercle complet en un éclair. Il revint à son point de départ, les mains serrées contre les flancs.

Il ouvrit lentement les doigts sous les yeux de Zak. Un sourire confiant s'affichait sur ses lèvres.

Cinq pièces dans chaque main.

Zak inspira un grand coup ; il avait eu chaud ! Lui avait réussi après cinq tentatives.

— Combien de pièces pourrait-il rattraper ? demanda Malice, impressionnée.

— Combien de pièces pourrions-nous *lancer* ? rétorqua Zak, un sourire triomphant aux lèvres.

Elle rit ; le Maître d'armes l'emportait haut la main.

— Très bien, Zaknafein. Le second fils est un guerrier... Peut-être destiné à devenir le nouveau maître d'armes des Do'Urden, lança-t-elle, sarcastique, tandis qu'il s'éloignait avec son nouveau protégé.

L'homme et l'adolescent sortis, elle ajouta :

— Ce ne serait guère étonnant, avec le père qu'il a ! Rizzen s'agita, mal à l'aise. Il savait, à l'instar de tous, esclaves compris, que Drizzt n'était pas son fils.

*
* *

Zak et Drizzt se rendirent à la salle d'entraînement, au sud de la demeure. Des feux follets magiques baignaient d'une faible lueur le grand bâtiment rocailleux. Des trois portes, celle de l'est donnait sur le balcon, celle du milieu sur une autre salle, et celle de l'ouest sur le corridor principal. A en juger par les multiples verrous, le passage n'était guère fréquenté.

— Au bout du couloir, expliqua Zak, une des deux portes conduit à mes appartements. Tu ne voudrais pour rien au monde que je t'y surprenne ! L'autre mène aux salles de réunion réservées aux périodes de guerre. Si tu me donnes satisfaction, je pourrais t'inviter à m'y rejoindre. Mais ça n'arrivera pas avant des années. Alors considère cette pièce (il balaya l'espace de la main) comme ta maison. Magnifique, hein ?

Drizzt ne fut pas émerveillé le moins du monde. Tout cela le ramenait à l'époque de Vierna et à la servitude. L'endroit était trop exigu pour un adolescent aux nobles aspirations.

— Où est ma couche ? grogna Drizzt.
— C'est ta maison, fut la réponse, énigmatique.
— Où prendrai-je mes repas ?
— C'est ta maison.
— Où est..., s'entêta Drizzt, rouge de colère.
— C'est ta maison, répliqua Zak du même ton mesuré.

Drizzt se planta devant le maître d'armes, les bras

croisés.

— Où est l'intérêt ? commença-t-il. Tu m'arraches à ma mère...

— Tu dois parler d'elle en l'appelant Matrone Malice, l'avertit Zak. Toujours.

— A ma mère...

Le poing de Zak s'écrasa sur le visage du gamin.

Il reprit conscience vingt minutes plus tard.

— Première leçon, commenta Zak, nonchalamment appuyé contre un mur. Pour ton propre bien ! Ton séjour sera agréable, si tu apprends l'humilité. Viens donc voir ce qu'il y a derrière cette tenture... (Il écarta le tissu, dévoilant la plus extraordinaire collection d'armes que Drizzt eût jamais vue...) Examine-les tout ton soûl, prends-les en main, suis ton instinct, et apprends à les connaître comme des compagnes sûres et fidèles.

Les yeux écarquillés, Drizzt prit conscience qu'il était à un tournant de sa vie. Jusqu'ici l'ennemi avait eu pour nom *l'ennui*.

Il tenait de quoi le combattre !

Zak jugea plus sage de laisser le novice faire seul ses premiers pas dans le métier des armes ; il se retira dans ses appartements.

Il entraînerait Drizzt pour en faire un tueur, comme des milliers d'autres avant lui, afin qu'il survive dans un monde implacable.

Cela paraissait contre nature chez Drizzt ! Sourire lui était trop naturel. L'idée de le voir plonger une lame dans le cœur d'un être vivant répugna au maître d'armes. Mais il n'avait pas le choix.

— Sont-ils tous comme ça ? s'interrogea-t-il à voix haute en s'étendant sur sa couche, dans sa chambre impersonnelle. Tous les enfants drows ont-ils cette innocence, ces sourires ravis effacés ensuite par la laideur de ce monde ? Ou es-tu unique, Drizzt Do'Urden ? Pourquoi une telle différence, si différence il y a ? Est-ce le sang qui coule dans mes veines et dans les tiennes ? Ou les années passées avec Vierna ?

Le sommeil, quand il vint, lui apporta peu de réconfort. Son rêve familier le hanta.

A ses oreilles résonnaient les cris d'agonie des enfants DeVir, que les soldats Do'Urden - ses propres élèves - avaient taillés en pièces.

— Celui-là est différent ! s'écria-t-il, bondissant en sueur hors de sa couche.

Il essuya ses yeux.

Celui-là est différent.

Il devait le croire.

CHAPITRE VII

SOMBRES SECRETS

— Veux-tu vraiment essayer ? demanda Masoj, condescendant et incrédule.

Sans mot dire, Alton posa sur lui ses yeux atroces.

— Maîtrise ta colère, Sans Visage, dit Masoj. Je ne suis pas la cause de tes frustrations. Ma question est pertinente.

— Tu étudies les arts occultes depuis une décennie. Et tu crains encore d'en explorer les profondeurs avec un maître de Sorcere ?

— Je ne craindrais rien aux côtés d'un *véritable* maître, osa chuchoter Masoj.

Alton ignora le commentaire, comme il le faisait depuis seize ans. Masoj était son unique lien avec le monde extérieur, et le protégé d'une puissante famille. Alton n'avait personne à qui se fier.

Dans les appartements de Sans Visage, constitués de quatre salles, Alton alla s'asseoir sur un tabouret, devant un grand livre posé sur une table ronde.

— C'est un sort qu'il vaut mieux laisser aux prêtresses, protesta Masoj. Les sorciers ne commandent que les plans inférieurs ; l'évocation des morts est réservée aux religieuses.

— Tu vois une prêtresse autour de nous ? s'enquit Alton, sarcastique. Préférerais-tu que je fasse appel à un autre citoyen des Neuf Enfers ?

Masoj secoua la tête, impuissant. L'an passé, ils avaient invoqué un démon des glaces... et frôlé la catastrophe, car le monstre avait gelé la pièce, gâchant toute une série de précieux onguents. Sans l'intervention du félin magique de Masoj, ils ne s'en seraient jamais sortis vivants.

Masoj caressa sa figurine d'onyx. Il maîtrisait encore mal les pouvoirs de ce *dweomer* et ne l'utilisait qu'avec prudence.

Malgré ses fanfaronnades, Alton n'était guère rassuré. Les spectres pouvaient provoquer des dégâts plus subtils - et plus cruels.

Cela faisait dix ans qu'il cherchait à percer l'énigme de la chute de la Maison DeVir. Personne ne pouvait accuser sans preuves.

Entré en possession d'un grimoire ayant appartenu à un elfe blanc - qu'il était parvenu à traduire en partie -, il se sentait en mesure de contracter une alliance avec un esprit.

Nerveux, il se frotta les mains, les posa à plat, et s'abîma en méditation :

— *Fey innad...*

Il se racla la gorge et recommença :

— *Fey innunad de-min...*

Nouvelle pause.

— Que Lloth nous protège, ironisa Masoj.

— C'est une traduction, s'emporta Alton, furieux. Rédigée dans l'étrange langage d'un sorcier de la surface !

— Du bla-bla ! rétorqua Masoj.

— J'ai devant moi le grimoire d'un sorcier du monde extérieur, continua Alton. Un Archimage, à en croire le gribouillis de l'orc qui le lui avait dérobé et qui l'a revendu à nos agents.

— Un de ces abrutis d'orcs aurait réussi à voler le grimoire d'un Archimage ? chuchota Masoj, accablé par la bêtise de son complice.

— Le sorcier était mort ! tonitrua Alton. Ce livre est authentique !

— Qui l'a traduit ?

Refusant de se laisser détourner de sa tâche, Sans Visage reprit son incantation :

— *Fey innunad de-min de-sul de-ket* !

Persuadé que l'autre était complètement fou et n'y arriverait jamais, Masoj se tassa dans un coin et réprima ses rires. Pour se donner une contenance, il se récita un sort appris la veille...

Mais il entendit Alton murmurer soudain :

— Matrone Ginafae ?

Une boule de fumée verdâtre prit des contours plus distincts à la lueur de la bougie : c'était la mère d'Alton, sans nul doute !

Perplexe, l'esprit scruta la pièce.

— Qui êtes-vous ?

— Je suis Alton, Alton DeVir, ton fils.

— Fils ?

— Ton enfant.

— Je ne me souviens pas d'avoir eu un enfant aussi laid.

— Un déguisement, expliqua-t-il, pour assouvir ma vengeance contre nos ennemis, dans la ville.

— Quelle ville ?

— Menzoberranzan, bien sûr !

L'esprit parut ne pas comprendre.

— Tu es Ginafae ? Matrone Ginafae DeVir ?

L'esprit grimaça, réfléchissant :

— Oui... Je crois.

— Mère Matrone de la Maison DeVir, quatrième Maison de Menzoberranzan, déclama Alton. Grande prêtresse de Lloth.

— Non ! cria l'esprit au nom de Lloth. Tu n'aurais pas dû me réveiller, fils repoussant.

— Ce n'est qu'un déguisement, insista Alton.

— Je dois te quitter, poursuivit le fantôme de Ginafae. Tu dois me relâcher !

— Mais j'ai besoin d'informations, Matrone Ginafae.

— Ne m'appelle pas comme ça ! grinça l'esprit. Tu ne comprends pas ! Je ne suis plus dans les faveurs de Lloth...

— Une seule question, supplia Alton.

— Vite !

— Nomme la Maison qui a détruit les DeVir.

— La Maison ? Oui, je me souviens de cette nuit maléfique. C'était...

Le spectre disparut.

— Non ! hurla Alton. Tu dois me dire qui sont mes ennemis !

— Me comptes-tu parmi eux ? s'enquit l'esprit d'une voix différente, qui vibrait de puissance brute.

Alton blêmit. L'esprit se transforma en quelque chose d'indiciblement laid.

Alton n'avait jamais étudié les arcanes de la religion drow en détail, c'était l'apanage des prêtresses. L'entité qu'il affrontait ressemblait à un bâton gluant et visqueux : une yochlol, une vestale de Lloth.

— Tu oses tirer Ginafae de ses tourments ? gronda la yochlol.

Masoj se glissa sous la petite table, pestant contre son maître. Il ne l'aurait jamais cru capable de leur attirer des problèmes aussi graves.

— Mais... mais..., bégaya le maître.

— Ne trouble plus jamais ce plan, sorcier ! beugla la yochlol.

— Je n'essayais pas de contacter les Abysses, protesta-t-il. Je voulais seulement parler à...

— A Ginafae ! gronda le monstre. Prêtresse déchue de Lloth. Où crois-tu que demeure son esprit, stupide mâle ? Dans l'Olympe, peut-être, avec les faux dieux des elfes de la surface ?

— Je ne pensais pas...
— Parce qu'il t'arrive de penser ?

Jamais, se dit Masoj, gardant un profil *très* bas.

— Ne trouble plus ce plan ! répéta la yochlol. L'impitoyable Reine Araignée n'a aucune patience avec les mâles.

Le faciès gluant se boursoufla ; la bouche hideuse cracha une pluie de petits projectiles. Des araignées...

Masoj roula hors de sa cachette, tentant désespérément de se défaire de ces nuées d'arachnides.

— Ne les tue pas ! hurla-t-il à Alton qui cherchait à en écraser le plus possible.

— Que les prêtresses et leur déesse aillent aux enfers !

Masoj haussa les épaules, et courut à la porte. Quand ses longs doigts se refermèrent sur la poignée, l'huis se métamorphosa en une image de Matrone Ginafae. Elle se fendit d'un sourire vicieux, et une langue d'une impossible longueur vint lécher la face du jeune homme.

— Alton ! hurla-t-il, bondissant en arrière.

Il vit Alton se concentrer pour lancer un sort.

Terrorisé, Masoj comprit qu'il allait invoquer une boule de feu.

*
* *

Nu, tous les poils roussis, Masoj sortit en titubant de cet enfer. Egalement nu comme un ver, son maître plongea hors de portée des flammes destructrices.

J'aurais dû le tuer quand j'en avais l'occasion, se lamenta Masoj pour la millième fois.

*
* *

Peu après, Alton revêtit sa toge de maître sorcier et

se glissa hors de Sorcere par l'escalier monumental de la Brèche Tier. Il s'assit sur une marche et contempla Menzoberranzan.

Cette vue splendide ne lui fit pas oublier l'amertume de son dernier échec. Depuis seize ans, il avait fait son deuil de toute autre ambition, de tout autre rêve que de retrouver la Maison coupable.

Seize ans d'échecs !

Combien de temps supporterait-il encore cette humiliation ? Que ferait-il quand Masoj achèverait ses études et retournerait dans son clan ?

Un autre étudiant viendrait-il l'assassiner après des siècles de cette vie de taupe ? Prendrait-il sa place pour devenir le maître Sans Visage de l'Académie ?

Cette place usurpée qui ne lui apportait nulle satisfaction...

Mais le plus désespérant, c'était que sa vie ne faisait que commencer.

Combien de temps avant que la folie le consume ?

Menzoberranzan était un conglomérat de Maisons individuelles. Aucune n'accepterait en son sein un bandit de sang noble, meurtrier d'un maître.

Passant des heures mélancoliques à contempler la cité, il se demanda combien de sinistres secrets ces demeures splendides abritaient. L'une d'elles avait anéanti la Maison DeVir.

Il oublia son récent échec et le combat contre la yochlol. Seize ans n'étaient pas si longs. Il lui faudrait peut-être sept siècles pour retrouver les assassins de sa famille.

— Vengeance.

Il répéta le mot, pour se rappeler les raisons qui le poussaient encore à vivre :

— Vengeance !

CHAPITRE VIII

PARENTÉ

Zak attaqua de plus belle. Drizzt tenta de reculer pour reprendre son équilibre ; le maître le suivit et le força à rester sur la défensive.

Zak estoqua aux jambes.

Drizzt réussit une parade basse avec ses deux cimeterres en croix. Le maître d'armes doubla l'attaque.

Drizzt ne fut pas assez rapide. Le maître le toucha à la cuisse.

Ecœuré, le jeune homme jeta ses armes à terre.

Zak recula, déconcerté.

— Tu n'aurais pas dû tomber dans le piège...

— C'est ta fichue parade qui est mauvaise, maugréa Drizzt.

Zak baissa ses armes, attendant des explications. Il avait blessé, ou même tué des étudiants pour moins que cela.

— La parade croisée bloque l'attaque, mais à quoi bon ? poursuivit Drizzt. Les pointes de mes armes restent trop basses pour une contre-attaque efficace, et tu peux te dégager sans peine.

— Mais tu as bloqué mon coup.

— Pour en encaisser un autre, argumenta Drizzt. Souviens-toi de tes propres leçons ! Chaque mouvement, selon toi, devrait apporter un avantage ; or, je ne vois aucun avantage à recourir à la parade croisée.

— Tu récites une partie de la leçon parce que ça t'arrange, gronda Zak, qui s'échauffait à son tour. Complète la phrase ou ne la mentionne pas du tout ! « *Chaque mouvement devrait apporter un avantage, ou s'opposer à un désavantage* » !

— La parade est mauvaise ! s'entêta Drizzt.

— En garde, ordonna le maître, menaçant.

La leçon continuait-elle ou s'agissait-il d'une véritable attaque ?

Drizzt ramassa ses armes.

Zak voulait prouver ce qu'il avançait par des actes, non des paroles. Il avait l'air furieux. Jusqu'où irait-il pour démontrer qu'il avait raison ?

Cette fois, Drizzt était prêt ; ses cimeterres croisés parèrent efficacement l'attaque. Il contre-attaqua d'une lame.

Improvisant, Zak porta une attaque haute. Drizzt se retrouva acculé contre un mur.

Il frappa.

Le maître d'armes plongea pour esquiver l'arc du cimeterre ; il percuta le genou exposé de Drizzt. Avant de comprendre ce qui lui arrivait, le jeune homme se retrouva étendu à terre.

Avec une célérité étourdissante, Zak pointa l'épée sur sa gorge.

— Autre chose à dire ? grogna le maître d'armes.

— La parade est mauvaise ! répondit Drizzt.

Zak éclata de rire. Il baissa sa garde, s'étonnant une nouvelle fois des talents de son jeune élève. En quelques mois, il avait maîtrisé toutes les armes de la Maison Do'Urden.

Cimeterre en main, cet elfe à peine sorti de l'enfance pouvait tenir tête à la moitié des membres de l'Académie ! Zak frémit en songeant à ce que des années d'entraînement feraient d'un sujet si brillant.

Il n'avait pas seulement les aptitudes physiques et le potentiel. Son tempérament - innocent, totalement dépourvu de malice - était tout aussi remarquable. Zak ne pouvait se défendre d'une profonde fierté. En tout point, le jeune Drow avait les mêmes principes que lui. Une rareté à Menzoberranzan...

Drizzt s'en était également aperçu, sans se douter que leur façon de voir était unique dans le monde maléfique des elfes noirs. Même s'il ne connaissait que sa famille et quelques soldats, il se rendait compte qu'« Oncle Zak » était différent de sa sœur aînée, avec ses ambitions et son zèle fanatique, ou de Matrone Malice, qui n'avait que des ordres à la bouche...

Zak pouvait sourire de situations qui ne portaient pas forcément préjudice à quelqu'un. Il était le seul qui parût satisfait de son sort, et le premier qu'il eût jamais entendu rire.

— Tu ne t'en es pas si mal tiré, dit le maître d'armes.

— En combat réel, je serais mort.

— Sûrement. C'est pourquoi nous nous exerçons. Ta stratégie était magistrale, et ta synchronisation parfaite. Mais ça n'a pas suffi...

— Tu m'as trompé sans peine.

— La parade est bonne et tu t'en es bien tiré. Mon talent bénéficie de quatre siècles d'expérience, alors que tu n'as pas vingt ans. Crois-moi, mon jeune ami, cette parade est la meilleure.

— Peut-être.

— Quand tu en trouveras une plus efficace, nous l'essaierons. Jusque-là, fais-moi confiance. J'ai entraîné l'armée de la Maison Do'Urden, et dix fois plus d'hommes quand j'étais maître à Melee-Magthere. J'ai enseigné l'art de combattre à Rizzen, à tes sœurs et à tes deux frères.

— Mes *deux* frères ?

— On ne t'a jamais rien dit ?

Zak hésita. Etait-ce à lui de lui apprendre la vérité ? Matrone Malice ne lui en tiendrait sûrement pas rigueur. A ses yeux, la mort de Nalfein n'avait aucune importance.

— Oui, les *deux*, se décida-t-il à expliquer. Tu avais deux frères à ta naissance : Dinin, que tu connais, et Nalfein, un sorcier de mérite. Nalfein reçut un coup fatal sur le champ de bataille, la nuit où tu es venu au monde.

— Contre des nains ou des méchants gnomes ? s'étrangla Drizzt, prenant l'air horrifié des tout petits qui supplient qu'on leur conte une histoire terrifiante, le soir avant de s'endormir. Défendait-il la cité contre d'infâmes conquérants ou de monstrueux bandits ?

Zak eut du mal à se mettre au diapason des innocentes certitudes de son jeune élève.

Il faut donc enterrer la jeunesse dans le mensonge, se lamenta-t-il intérieurement.

— Non, répondit-il.

— Alors contre des ennemis plus abjects encore, les elfes de la surface ?

— Il est mort sous les coups d'un Drow !

Le regard du jeune homme se voila.

Zak supporta mal la confusion qu'il y lut.

— Un guerre contre une autre cité... ? Je ne savais pas.

Le maître d'armes n'eut pas le cœur d'en dire davantage. Il tourna les talons. Que Malice ou un de ses laquais détruise l'innocente logique de Drizzt.

Le jeune elfe comprit que la conversation et la leçon étaient finies. Mais il lui restait encore beaucoup de choses à apprendre...

*
* *

Les jours devinrent des semaines, et les semaines

des mois. Les deux hommes s'entraînaient jusqu'à épuisement. La troisième année, à l'âge de dix-neuf ans, Drizzt devint capable de déjouer les bottes de son maître. Il prenait même l'initiative.

Zak se régalait du talent de son élève, qui en faisait presque son égal. Des rires ponctuaient souvent les assauts sans vainqueur ni vaincu. Le maître n'avait jamais connu pareille relation avec un étudiant.

Il vit Drizzt grandir, apprendre à se concentrer et à écouter, gagner en réflexion et en intelligence. Le jour venu, les maîtres de l'Académie auraient du mal à désigner un adversaire à sa mesure.

Sa joie fut vite ternie quand il songea à ce qui attendait son élève dans le monde drow. Bientôt toute innocence aurait disparu de ses yeux.

Une visite de Matrone Malice confirma ses sinistres pressentiments.

Elle alla droit à Drizzt, ignorant les salutations de Zak.

— Un sang princier coule dans tes veines. Mais ça ne suffit pas pour faire un guerrier ! Il faut aussi du courage, et de la haine !

Drizzt ne sut quoi répondre. Il l'avait vue en de rares occasions, ces trois dernières années, et ils n'avaient pas échangé un mot.

Zak vit son élève plongé dans l'embarras et craignit le pire. C'était exactement ce que Malice attendait pour arracher Drizzt à sa tutelle - et le déshonorer par la même occasion -, puis le remettre entre les mains de Dinin ou de quelque autre tueur qui ne s'embarrasserait pas d'états d'âme. S'il l'avait superbement instruit dans le maniement des lames, il avait négligé son instruction « civique ». Malice voulait un guerrier au cœur de pierre.

Zak tira ses lames de leurs fourreaux incrustés de gemmes, et chargea avec un cri.

Drizzt s'enflamma instantanément à l'appel guerrier. Ses cimeterres apparurent comme par magie dans ses mains.

Zak chargea avec une furie inédite ; Drizzt eut du mal à parer des coups portés avec tant de fougue.

— Montre-lui ! gronda son instructeur.

Drizzt bloqua un estoc qui aurait dû être fatal. Troublé, il resta sur la défensive.

Zak lui expédia un coup de botte en plein nez, écrasant le cartilage ; l'élève exécuta un roulé-boulé pour se mettre hors de portée du maître devenu fou furieux.

Un halo pourpre enveloppa le corps de Drizzt, faisant de lui une superbe cible. Il riposta de la seule façon possible : un globe de ténèbres. Puis il se jeta à plat ventre, la tête rentrée dans les épaules. Une sage précaution.

Zak lévita au-dessus de la sphère noire, et plongea ses lames là où aurait dû être son adversaire. Emergeant à l'autre bout du globe, Drizzt assista au déchaînement de son maître ; il aurait été coupé en deux s'il ne s'était pas enfui.

Enragé, Drizzt explosa : d'une pirouette, il bondit sur sa proie. Un cimeterre décrivit un cercle gracieux, tandis que l'autre plongeait en ligne droite.

Zak bloqua une lame et esquiva l'autre.

Drizzt n'en avait pas terminé : d'une série de fentes et d'estocs, il contraignit son adversaire à pénétrer dans le globe de ténèbres. Il leur fallait maintenant s'en remettre à leur ouïe aiguisée et à leurs instincts. Quand Zak retrouva son équilibre, un instant compromis, Drizzt chercha aussitôt à lui faire des crocs-en-jambe. Lorsqu'ils ressortirent des ténèbres magiques, Zak luisait d'une aura pourpre lancée par son adversaire. Le maître d'armes eut la nausée en découvrant le visage de son fils tordu par la haine. Mais ils n'avaient pas le choix. Ce combat devait être réel. Il adopta une stratégie défensive, laissant l'autre se défouler et s'épuiser.

Infatigable, impitoyable, Drizzt attaqua encore et encore. Zak l'encouragea en faisant miroiter des ouvertures là où il n'y en avait pas ; Drizzt fonçait comme un taureau furieux.

Matrone Malice observait le combat. Elle devait admettre que Zak avait mis la barre très haut ; physiquement, Drizzt était plus que prêt. Mais à ses yeux, et Zak le savait, l'habileté et l'endurance ne suffisaient pas. Elle n'approuverait pas les *idées* de son fils.

Ce dernier faiblissait, même s'il simulait en partie la fatigue. Pour abréger la confrontation, Zak se « tordit » une cheville : une tentation irrésistible pour le jeune elfe, qui voulut porter un coup décisif.

La foudroyante riposte du maître lui arracha le cimeterre des mains.

L'élève s'attendait à la manœuvre. Il lança sa seconde attaque ; son cimeterre ne fendit que l'air. Tombé à genoux pour esquiver, Zak bondit et frappa Drizzt au visage du plat de sa lame. Sonné, le jeune elfe fit un bond en arrière, les yeux vitreux.

— Une feinte dans une feinte dans une feinte, expliqua calmement le maître.

Drizzt glissa à terre, inconscient.

Matrone Malice hocha la tête.

— Il est prêt pour l'Académie. (Zak se renfrogna et ne dit mot.) Vierna s'y trouve déjà, elle enseigne à Arach-Tinilith, l'école de Lloth. C'est un grand honneur. (*Une couronne de laurier pour la Maison Do'Urden*, songea Zak, railleur.) Dinin partira bientôt, lui aussi...

Deux enfants maîtres en même temps à l'Académie ?

— Tu as dû travailler dur pour obtenir de tels honneurs, dit-il.

— Pure question de diplomatie, sourit-elle.

— Dans quel but ? Protéger Drizzt ?

— D'après ce que je viens de voir, c'est plutôt Drizzt qui protégera les deux autres !

Zak se mordit les lèvres. Malice exagérait un peu.

Dinin était dix fois plus dangereux que le gamin. La Matrone ne voulait pas tout dire.

— Les deux prochaines décennies, trois Maisons seront représentées à l'Académie par quatre rejetons, admit-elle. Le propre fils de Matrone Baenre commencera ses classes avec Drizzt.

— Tu as de grandes aspirations. Jusqu'à quels sommets la Maison Do'Urden se hissera-t-elle sous ta férule ?

— Tes sarcasmes te coûteront la langue, l'avertit-elle. Nous serions idiots de laisser passer cette occasion d'en apprendre plus sur nos rivaux !

— Les huit premières Maisons..., murmura Zak, songeur. Sois prudente. N'oublie pas que le danger peut venir des clans inférieurs. Les DeVir ont commis cette erreur...

— Aucune attaque des Maisons moins bien placées que nous n'est à redouter. Il y a des cibles plus tentantes parmi les huit premières.

— Et nous aurions tout à y gagner...

— C'est le but du jeu, non ? fit Malice, souriante.

La Matrone connaissait les pensées intimes de Zak. Pour lui, ce n'était justement *pas* le but.

*
* *

— Jacasse moins et ta mâchoire guérira plus vite. (Drizzt lui lança un regard noir.) Nous voilà de grands amis.

— C'est ce que je croyais, marmonna l'elfe blessé.

— Réfléchis un peu ! Crois-tu qu'une amitié entre un maître d'armes et son dernier rejeton plairait à Matrone Malice ? Tu es un Drow de haute naissance, Drizzt Do'Urden. Tu n'as aucun ami !

Drizzt se redressa comme si on venait de le souffleter.

— Officiellement en tout cas, rectifia le maître. Les amis, c'est la vulnérabilité, l'inexcusable vulnérabilité. Matrone Malice n'accepterait jamais ça... L'essentiel est de savoir où nous en sommes *officieusement*.

Pour Drizzt, cela ne semblait pas suffire.

CHAPITRE IX

FAMILLES

— Viens vite, dit Zak à Drizzt, un soir après l'entraînement.

Au ton du maître, l'élève comprit que quelque chose se passait.

Il le rejoignit sur le balcon, où se tenaient déjà Maya et Briza.

Zak lui désigna le fond de l'immense caverne où était nichée la ville. Des lumières explosaient par intermittence ; des flammes montaient dans le ciel.

— Un raid, commenta Briza, l'air blasé. Des Maisons mineures, sans importance.

Zak vit que Drizzt ne comprenait pas.

— Une Maison en attaque une autre, expliqua-t-il. Peut-être une vengeance, mais plus vraisemblablement une tentative d'ascension sociale.

— La bataille fait rage depuis un bon moment, observa Briza. Les éclairs n'ont toujours pas cessé.

Zak continua de commenter la scène :

— Les agresseurs auraient dû circonscrire le combat dans un globe de ténèbres. Qu'ils n'y aient pas réussi laisse penser que la Maison attaquée était prévenue du raid et prête à se défendre.

— Les assaillants n'ont sûrement pas l'avantage, convint Maya.

Drizzt n'en croyait pas ses oreilles. Sa propre famille commentait l'attaque comme s'il s'agissait d'un banal incident.

— S'ils ne veulent pas affronter le courroux du Conseil, ils ne doivent laisser aucun témoin derrière eux, expliqua Zak.

— Mais *nous* sommes témoins ! s'écria Drizzt.

— Non, rétorqua Zak. Nous assistons au spectacle. Cette bataille ne nous concerne pas. Seuls les nobles qui ont subi une agression ont le droit de porter des accusations.

— S'il en reste..., ajouta Briza, visiblement enchantée du spectacle.

Drizzt ne put détacher son regard des feux. Autour de lui, tout son clan courait et criait, cherchant un meilleur point de vue.

C'était la société drow dans sa macabre splendeur. Malgré sa répulsion, Drizzt se laissa peu à peu gagner par une fascination étrange.

*
* *

Dans ses appartements, Alton vérifia une fois encore que tous les ouvrages et les objets sacrilèges étaient rangés à l'abri des regards. Il attendait une visite d'une Mère Matrone, un événement rare pour un maître de l'Académie sans lien avec Arach-Tinilith, l'école de Lloth. Il lui tardait de connaître les motifs de Matrone SiNafay Hun'ett, chef de la cinquième Maison, et mère de Masoj, son complice.

Elle arriva. SiNafay était très petite ; Alton n'oublia pas pour autant à qui il avait affaire. Elle pouvait lui ôter la vie d'un geste.

Masoj entra derrière elle, l'air suprêmement satisfait

de lui-même. Le malaise d'Alton grandit.

— Salutations de la Maison Hun'ett, Gelroos, commença Matrone SiNafay. Notre dernière entrevue remonte à vingt-cinq ans.

— Gelroos ? marmonna Alton dans sa barbe. Mes salutations, répondit-il, se raclant la gorge. Cela fait si longtemps ?

— Tu devrais revenir à la maison ; tes appartements t'attendent.

Mes appartements ? Alton sentit son estomac se nouer.

SiNafay plissa le front et les yeux. Elle le sondait.

Si le vrai Sans Visage avait été un Hun'ett, comment abuser la Matrone du clan ? Il chercha un moyen de s'échapper, ou à défaut, d'étriper ce traître de Masoj.

— Qui es-tu ? demanda SiNafay, plus curieuse qu'inquiète.

Elle répéta sa question, détachant de sa ceinture son fouet à trois lanières vivantes, connu pour injecter le poison le plus douloureux.

— Alton, bredouilla-t-il, impuissant. Alton DeVir. Je suis le seul survivant.

— Tu as tué Gelroos - Gelroos Hun'ett -, et pris sa place à Sorcere ! gronda la Matrone.

Alton crut que sa dernière heure avait sonné.

— Je n'ai pas... Je n'avais aucun moyen de savoir qui il était... Il m'aurait tué ! bredouilla-t-il.

— *J'ai* tué Gelroos, dit Masoj... Avec cette arbalète, la nuit du massacre des DeVir.

— Gelroos était ton frère ! lui rappela sa mère.

— La peste soit de ses os ! Je l'ai servi durant quatre infernales années ! Il voulait m'obliger à aller à Melee-Magthere !

— Et tu as laissé vivre celui-là, conclut-elle, souriante, après une courte réflexion. Tu as fait d'une pierre deux coups en tuant un ennemi et en te gagnant la reconnaissance d'un maître.

— J'ai agi comme on me l'a appris, répondit Masoj, ne sachant ce qui allait suivre - châtiment ou louanges.

— Tu n'étais qu'un enfant, fit observer sa mère pour remettre les choses en perspective.

— Et moi ? s'écria Alton pendant que Masoj savourait son acquittement. Ma vie est-elle perdue ?

— Alton DeVir est mort, répondit SiNafay. Tu demeures Sans Visage, Gelroos Hun'ett. Tu peux m'être très utile à l'Académie, à surveiller mon fils et mes ennemis.

Alton retint son souffle. Devenir l'allié d'une des plus puissantes familles de Menzoberranzan, c'était inespéré ! Une question lui brûlait les lèvres ; sur un signe de SiNafay, il parla :

— Tu es une grande prêtresse de Lloth. Il est en ton pouvoir de combler mon plus cher désir.

— Tu oses réclamer une faveur ?

— Pas en mon nom, Matrone. Les miens ont injustement péri, et je suis le seul survivant...

— Je t'écoute...

— Quelle Maison a détruit ma famille ? Demande au monde des profondeurs, je t'en supplie, Matrone SiNafay.

Elle réfléchit à la requête, et aux possibilités qu'offrait la soif de vengeance d'Alton.

— Je connais la réponse, dit-elle. Peut-être, quand tu auras prouvé ta valeur, te dirai-je...

— Non ! s'écria-t-il.

Il réalisa qu'il venait de couper la parole à une Mère Matrone, un crime qui pouvait être puni de mort.

SiNafay contint sa colère.

— Faut-il que la réponse te tienne à cœur pour que tu sois si stupide.

— Je t'en prie, supplia Alton. Je dois savoir. Tue-moi si tu veux, mais dis-moi d'abord qui c'était.

SiNafay apprécia à sa juste valeur une haine aussi

fervente.

— La Maison Do'Urden.

— Do'Urden ? répéta Alton.

Comment une Maison aussi miteuse avait-elle pu mener à bien son attaque ?

— Tu ne tenteras rien contre eux, l'avertit-elle. Et je pardonnerai ton insolence - pour cette fois. Tu es un fils de la Maison Hun'ett maintenant. Souviens-toi toujours de ton rang !

Estimant qu'un homme assez intelligent pour tromper son monde vingt ans de suite ne commettrait pas la folie de la défier, elle repartit avec son fils.

*
* *

Masoj tenta d'expliquer à sa mère qu'Alton DeVir n'était qu'un bouffon, même s'il avait échappé plusieurs fois à la mort.

— C'est un maître, rétorqua-t-elle en riant. Son témoignage contre la Maison Do'Urden peut jouer en notre faveur. Il était un noble DeVir, ce qui lui donne le droit d'accuser.

— Tu as l'intention de l'utiliser pour fédérer les grandes Maisons contre Do'Urden ?

— Les grandes Maisons ne bougeront pas le petit doigt pour un incident vieux de vingt ans ! La Maison Do'Urden a accompli un forfait frôlant la perfection, une extermination sans bavures. Parler contre eux à présent attirerait sur nous les foudres du pouvoir, c'est tout.

— Alors à quoi nous sert Alton DeVir ? insista Masoj.

— Tu n'es qu'un mâle sans cervelle, incapable de comprendre le fonctionnement du pouvoir. Si les accusations d'Alton sont chuchotées dans les bonnes oreilles, le Conseil regardera ailleurs le jour où une Maison aidera ton complice à se venger.

— Dans quel but ? Tu risquerais une bataille pour détruire une Maison inférieure ?

— C'est ce que pensait la Maison DeVir de la Maison Do'Urden, lui rappela-t-elle. Dans notre monde, les petits sont à craindre autant que les grands. Tous feraient bien de surveiller de près Daermon N'a'shezbaernon, la neuvième Maison, plus connue sous le nom de Do'Urden. Elle compte un maître et une maîtresse à l'Académie, trois grandes prêtresses, une quatrième près du but...

Seules trois des huit premières familles pouvaient s'enorgueillir d'un meilleur score.

— Leur armée compte plus de trois cent cinquante hommes, poursuivit SiNafay, entraînés par le plus grand maître d'armes de la ville.

— Zaknafein Do'Urden !

— Tu as entendu parler de lui ?

— Son nom est souvent prononcé à l'Académie, et même à Sorcere.

— Bien. Tu vas donc comprendre l'importance de la mission que je te réserve. Un Do'Urden sera bientôt là, pas un maître, mais un étudiant. A en croire les rumeurs, ce jeune homme, Drizzt, serait aussi doué que Zaknafein. C'est ennuyeux.

— Tu veux que je le tue ? s'enthousiasma Masoj.

— Non, pas encore. Je veux que tu l'étudies sous toutes les coutures, que tu passes ses motivations au peigne fin. Si l'heure de frapper sonne, j'entends que tu sois prêt.

Une dernière petite chose le tracassait :

— Nous avons encore le cas d'Alton à considérer ; il est impatient et fougueux. Quelles seront les conséquences pour la Maison Hun'ett s'il frappe prématurément ?

— Ne te soucie pas de cela, mon fils. Si Alton DeVir, alias Gelroos Hun'ett, devait commettre une erreur, nous le livrerions à la vindicte populaire. Imposteur et meurtrier, il affronterait la mort à chaque coin de rue.

Masoj était rasséréné. SiNafay avait mesuré les risques qu'elle prenait en accueillant l'orphelin sous son aile protectrice. Son plan paraissait sûr, et le bénéfice - la chute de la Maison Do'Urden -, promettait d'être considérable.

Mais les dangers restaient réels. Les conséquences de l'échec...

Plus tôt cette nuit-là, une Maison inférieure avait manqué son coup. Le Conseil se verrait contraint, à la *lumière* des faits, de rendre un semblant de justice. Dans sa longue existence, Matrone SiNafay avait été témoin à maintes reprises de semblables « décrets ».

Pas un seul membre des Maisons vaincues n'avait survécu. Leurs noms étaient bannis des mémoires.

*
* *

Ce matin-là, Zak vint tirer Drizzt de son lit pour l'emmener en ville pour la première fois. Une attaque avait échoué, et le Conseil avait exigé la présence de toute la noblesse pour apporter plus de poids à la décision du tribunal.

Matrone Malice, flottant au-dessus des rues sur son disque bleuté, conduisait le clan ; Briza marchait à son côté, suivie de Maya et de Rizzen, puis de Drizzt et de Zak. Vierna et Dinin fermaient la marche.

Toute la cité colportait la nouvelle. Ecarquillant les yeux, Drizzt admirait au passage les maisons aux superbes frontons. Les esclaves de toutes les races inférieures - gobelins, orcs et même géants - s'écartaient en hâte du cortège enchanté. Les gens ordinaires gardaient un silence respectueux sur son passage.

*
* *

Les agresseurs de la veille, membres de la Maison Teken'duis, s'étaient barricadés dans leur structure à deux stalagmites. Devant les portes se massaient plus de mille nobles, Matrone Baenre en tête, entourée des sept autres premières Matrones. Les trois écoles de l'Académie, étudiants et instructeurs, cernaient la structure condamnée.

— La Maison Teken'duis s'est attirée le mécontentement de la Reine Araignée ! déclara Matrone Baenre, la voix amplifiée par la magie.

— Uniquement parce qu'ils ont échoué, chuchota Zak à Drizzt.

Briza lança un regard noir aux deux mâles.

Matrone Baenre fit signe à trois jeunes elfes de s'avancer.

— Elles sont les dernières survivantes de la Maison Freth, expliqua-t-elle. Pouvez-vous nous dire, orphelines de la Maison Freth, qui a attaqué votre clan ?

— La Maison Teken'duis ! s'écrièrent-elles en chœur.

— Les braves petites ! railla Zak.

— Silence ! siffla Briza.

Zak assena une claque sur la nuque de son jeune ami :

— Mais oui, tais-toi donc !

Drizzt voulut protester, mais Briza s'était déjà détournée, et Zak arborait un sourire trop éblouissant pour que son élève ait envie de lui chercher querelle.

— Le Conseil a décidé, annonça Matrone Baenre, que la Maison Teken'duis subira les conséquences de ses actes.

— Et qu'adviendra-t-il des orphelines de la Maison Freth ? cria quelqu'un dans la foule.

— Nobles elles étaient, répondit-elle, caressant les cheveux d'une des jeunes prêtresses, nobles elles resteront. La Maison Baenre les prend sous sa protection ; Baenre est leur nom, désormais.

Des chuchotements mécontents montèrent de l'assistance ; trois belles jeunes filles étaient une bonne prise ; n'importe quelle Maison eût été heureuse de les prendre sous sa coupe.

Cela portait à seize le nombre de grandes prêtresses Baenre. La Matrone prenait un risque : si sa lignée devenait trop puissante, Lloth pouvait intervenir...

Elle s'adressa une dernière fois aux coupables retranchés dans leur palais :

— Vous avez violé nos lois, et vous avez été pris sur le fait. Combattez si vous voulez, mais sachez que vous avez provoqué votre ruine !

D'un geste, elle déclencha l'action punitive préparée par l'Académie.

Les maîtresses et les étudiantes d'Arach-Tinilith avaient allumé huit grands brasiers autour de la demeure condamnée. Des flammes rugirent tandis que les grandes prêtresses ouvraient des voies de communication avec les plans inférieurs. Drizzt suivait la manœuvre avec fascination.

Les éléments des plans inférieurs - des monstres gigantesques aux membres couverts de glu et crachant le feu - surgirent des flammes. La horde grotesque se rua sur la maison silencieuse.

Des glyphes et des boules de feu explosèrent : des piqûres d'insectes pour des ogres.

Les sorciers et les étudiants de Sorcere entrèrent à leur tour en action, martelant les murailles d'un feu nourri de boules ignées et d'éclairs.

Epaulant leurs arbalètes, les maîtres et les étudiants de Melee-Magthere criblèrent de carreaux les meurtrières de la maison ennemie.

La horde de monstres défonça les portes. Les éclairs zébrèrent la scène, le tonnerre éclata.

Se tournant vers son protégé, Zak frémit à son expression fascinée.

Les premiers cris montèrent de la maison ; des hurlements si terribles que Drizzt en oublia le plaisir qu'il prenait à cette mise à mort orchestrée.

Un fils Teken'duis se précipita au balcon pour échapper à un monstre à dix bras : une douzaine de carreaux le frappèrent ; trois éclairs le propulsèrent dans les airs avant de le laisser retomber, désarticulé. Le monstre récupéra le cadavre calciné pour le dévorer.

— La justice drow, remarqua froidement Zak, sans offrir la moindre consolation à Drizzt.

Il voulait que la brutalité de cet instant reste à tout jamais gravée dans son esprit.

Le massacre dura une heure. Puis les prêtresses congédièrent leurs hôtes venus des plans inférieurs ; les étudiants et les professeurs repartirent vers la Brèche Tier. De la Maison Teken'duis ne restait plus qu'un monticule incandescent.

Drizzt assista jusqu'au bout au carnage.

Sur le chemin du retour, il ne prêta aucune attention aux splendeurs des maisons des elfes noirs.

CHAPITRE X

LA SOUILLURE DU SANG

— Zaknafein est sorti ? demanda Malice.
— Je l'ai envoyé avec Rizzen à l'Académie pour porter le message à Vierna, expliqua Briza. Il ne reviendra pas avant que la lueur de Narbondel commence à décliner.
— C'est bien, dit Malice. Vous connaissez votre rôle dans cette petite supercherie ?
Briza et Maya hochèrent la tête.
— Je n'ai jamais entendu parler d'une telle mystification, remarqua Maya. Est-ce bien nécessaire ?
— Ce fut conçu pour un autre membre de la famille, il y a près de quatre siècles, expliqua Briza.
— Oui, confirma Malice. La même chose était prévue pour Zaknafein, mais la mort imprévue de Matrone Vartha, ma mère, a rendu l'opération caduque.
— C'est alors que tu es devenue Mère Matrone, dit Maya.
— Oui, répliqua Malice. Je n'avais pas encore un siècle d'existence, et j'étudiais toujours à Arach-Tinilith. Ce fut un tournant pénible de notre histoire.

— Mais nous avons survécu, dit Briza. Après la mort de Matrone Vartha, Nalfein et moi fûmes anoblis.

— Et cette ruse ne fut jamais tentée sur Zaknafein, en conclut Maya.

— Il y avait des choses plus urgentes, répondit Malice.

— Nous l'essaierons sur Drizzt...

— Le châtiment de la Maison Teken'duis m'a convaincu qu'il fallait le faire, dit Malice.

— Oui, reconnut Briza. Avez-vous remarqué son expression durant la bataille ?

— Bien sûr, répondit Maya. Il était écoeuré.

— C'est indigne d'un guerrier, dit Malice, et nous devons agir. Drizzt va bientôt partir à l'Académie ; nous devons souiller ses mains de sang drow et lui extirper son innocence.

— Voilà bien des histoires pour un mâle, grommela Briza. Si Drizzt ne peut pas s'adapter, pourquoi ne pas le sacrifier à Lloth, tout simplement ?

— Je ne concevrai plus d'enfants ! gronda Malice. Si nous voulons gagner en importance dans cette cité, chaque membre de la famille compte !

Secrètement, elle avait d'autres raisons de convertir son fils aux voies maléfiques des Drows. Sa haine pour Zaknafein n'avait d'égal que le désir qu'il lui inspirait ; faire de Drizzt un guerrier dépourvu de sentiment blesserait profondément le maître d'armes.

— Finissons-en alors, déclara-t-elle.

Elle frappa dans ses mains ; un grand coffre arriva, mû par huit pattes d'araignée. Un esclave gobelin suivait.

— Viens, Byuchyuch, dit-elle d'un ton apaisant.

Désireux de plaire, le petit gobelin se précipita aux pieds du trône. Il demeura immobile tandis que sa maîtresse entonnait un long et complexe sortilège.

Briza et Maya observèrent la métamorphose, pleines d'admiration pour les talents de leur mère : les traits du gobelin se tordirent, sa peau noircit, et, au bout de quelques minutes, un mâle drow se tint devant elles. Byuchyuch avait l'air ravi. Il ne comprenait pas que la transformation annonçait sa mise à mort.

— Tu es un soldat drow maintenant, déclara Maya, et mon champion. Tu devras tuer un guerrier pour prendre sa place dans la Maison Do'Urden !

Après dix ans de servitude chez les elfes, le gobelin aurait grand plaisir à exécuter cet ordre.

Malice sortit de la salle, suivie de ses filles, du gobelin et du « coffre sur pattes », et se rendit auprès de Drizzt, occupé à aiguiser le tranchant de ses cimeterres. Il bondit sur ses pieds à l'arrivée impromptue des illustres visiteuses.

— Salutations, mon fils, déclara Malice sur le ton le plus maternel qu'il lui eût jamais entendu. Nous avons une épreuve pour toi, aujourd'hui, une simple formalité pour ton acceptation à Melee-Magthere.

— Je suis la plus jeune, à part toi, déclara Maya, se postant devant lui. J'ai le droit de te lancer un défi, ce que je fais.

Drizzt n'avait jamais entendu parler de cette coutume. Maya ouvrit le coffre avec révérence.

— Tu as tes armes et ton *piwafwi*, reprit-elle. Le temps est venu pour toi de revêtir la livrée d'un noble de la Maison Do'Urden.

Elle sortit une paire de bottes noires à talons hauts qu'elle lui tendit. Il les enfila prestement : d'une douceur inouïe, elles épousaient les contours de ses mollets comme une seconde peau. Avec elles, il se déplacerait dans un silence absolu. Sa sœur lui tendit un second présent, plus magnifique encore : une cotte de mailles d'argent. Dans les Royaumes, il en n'existait pas une qui puisse rivaliser avec sa souplesse ou sa beauté. Légère comme la toile, souple comme la soie, elle déviait une lance aussi sûrement qu'une armure.

— Tu combats avec deux cimeterres, poursuivit-elle, tu n'as donc pas usage d'un bouclier. Voici des fourreaux qui conviendront mieux à ton rang.

Elle lui tendit une ceinture de cuir noir, sertie d'une énorme émeraude en guise de boucle, et de deux fourreaux richement décorés de gemmes.

Le gobelin se rendit compte que le combat ne serait pas une simple formalité.

— Quand tu l'auras tué, souffla Malice, ces cadeaux t'appartiendront.

Le gobelin retrouva le sourire. Il ne pouvait pas comprendre que ses chances, contre Drizzt, étaient nulles.

Quand celui-ci ajusta son *piwafwi*, Maya lui présenta le faux Drow :

— Voici Byuchyuch, mon champion. Tu dois le vaincre pour gagner ces présents... et la place qui te revient dans la famille.

Croyant qu'il s'agissait d'un simple duel, qui serait vite expédié, Drizzt accepta, et tira ses cimeterres de leurs nouveaux fourreaux.

Encouragé par Malice, le gobelin se mit en garde.

Drizzt commença par quelques moulinets, jaugeant son adversaire avant d'attaquer. Il lui fallut peu de temps pour s'apercevoir que le « champion » tenait mal son bouclier et son épée. Ignorant à qui il avait affaire, il eut du mal à croire qu'un Drow puisse être si balourd. Byuchyuch lui tendait-il un piège ?

Comme l'autre ne bougeait toujours pas, Drizzt se sentit obligé de prendre l'initiative. Il frappa le bouclier. Le gobelin réagit avec une lenteur proche du ridicule ; Drizzt le désarma de la pointe d'un cimeterre, et, d'une simple flexion du poignet, bloqua l'autre lame contre son sternum.

— Trop facile, marmonna-t-il.

Mais la véritable épreuve ne faisait que commencer.

Briza lança un sortilège qui paralysa le gobelin. Byuchyuch tenta de bouger : en vain ; ses muscles tétanisés ne lui obéissaient plus.

— Achève ce que tu as commencé, ordonna Malice.

Drizzt n'en crut pas ses oreilles.

— Le champion de Maya doit être exécuté, gronda Briza.

— Je ne peux pas...

— Tue ! tonna Malice, avec toute la force d'un ordre magique.

— Enfonce ta lame ! commanda Briza.

Drizzt s'aperçut avec horreur que ses mains allaient obéir de leur propre chef. Ecœuré à l'idée d'assassiner un adversaire sans défense, il concentra son énergie mentale pour résister. Il réussit en partie, mais ne put éloigner son cimeterre du sternum du gobelin.

— Tue ! cria Malice.

— Frappe ! hurla Briza.

Cela dura quelques secondes épouvantables. Une sueur glacée perla au front du jeune elfe. Sa volonté se brisa d'un coup. Son cimeterre glissa rapidement sur les côtes du gobelin immobilisé, trouvant le cœur de l'infortunée créature. Au même instant, Briza la libéra de son emprise mentale, pour que Drizzt voie comment la souffrance et l'agonie allaient déformer ses traits.

Drizzt chercha son souffle, le regard rivé sur le sang qui coulait le long de sa lame.

Maya entra en scène. Elle le frappa de sa massue, l'envoyant à terre.

— Tu as tué mon champion ! grogna-t-elle avec hargne.

Drizzt se mit hors de portée d'un roulé-boulé. Il n'avait aucune intention de se battre contre elle. Malice lui lança un avertissement :

— Si tu refuses le combat, Maya te tuera !

— Ce n'est pas dans les règles ! protesta Drizzt, mais ses mots furent couverts par le bruit de l'adamantite bloquant un coup de massue.

A son corps défendant, il était impliqué dans l'affrontement. Maya était une guerrière émérite - toutes les elfes passaient de nombreuses heures à s'entraîner - et elle était plus forte que lui. Mais il était le meilleur élève de Zak. Il rendit coup pour coup, usant de toutes les tactiques qu'il avait apprises.

Ses cimeterres tracèrent de furieuses arabesques qui impressionnèrent Briza et Maya. Malice n'y prêta aucune attention, trop occupée qu'elle était à lancer un puissant sortilège. Elle ne doutait pas que Drizzt pût vaincre sa sœur. Elle en avait tenu compte dans ses plans.

Drizzt adopta une tactique défensive. Il espérait que leur mère retrouverait la raison et arrêterait le combat. Il voulait faire trébucher sa sœur, la rendre inoffensive. Sa mère n'exigerait pas qu'il tue Maya comme il venait d'exécuter Byuchyuch !

Maya commit un impair : en bloquant une attaque, elle perdit l'équilibre ; la lame de Drizzt plongea vers son flanc.

Le sortilège de Malice bloqua le coup à mi-parcours.

L'adamantite souillée de sang se tordit entre les mains du jeune elfe. Sa lame se métamorphosa en un serpent venimeux qui retourna ses crochets contre lui.

La vipère lui cracha son venin dans les yeux, l'aveuglant. Au même instant, le fouet de Briza s'abattit sur lui. Il déchiqueta sa nouvelle armure, et mordit cruellement ses chairs. Drizzt se recroquevilla, impuissant sous la grêle de coups.

— Ne frappe jamais une Drow ! hurlait Briza. Elle le battit jusqu'à ce qu'il sombre dans l'inconscience.

Une heure plus tard, il rouvrit les yeux. Matrone Malice avait soigné ses plaies, mais la douleur persistait, souvenir vivace de la leçon. Pas aussi vivace que le sang qui souillait maintenant son cimeterre.

— La cotte de mailles sera remplacée, l'informa-t-elle. Tu es un guerrier drow, à présent. Tu l'as mérité.

Elle tourna les talons et sortit, le laissant seul avec

sa souffrance et son innocence perdue.

*
* *

— Ne l'envoie pas, demanda Zak, presque suppliant.

Dédaigneuse sur son trône de pierre tendu de velours noir, Malice était comme toujours flanquée de ses filles.

— C'est un guerrier, répliqua-t-elle. Il doit aller à l'Académie. C'est ainsi.

Le maître d'armes rassembla son courage ; le jeu en valait la chandelle.

— Ne l'envoie pas ! gronda-t-il. Ils l'anéantiront ! (Matrone Malice serra plus fort les accoudoirs de son trône.) Drizzt est déjà plus doué que la moitié des étudiants de l'Académie. Laisse-moi deux ans de plus, et j'en ferai le meilleur bretteur de Menzoberranzan !

— Il partira, maintint calmement Malice. L'habileté aux armes ne suffit pas à faire un guerrier drow. Drizzt a d'autres leçons à apprendre.

— Des leçons de traîtrise ? cracha-t-il, assez exaspéré pour se moquer des conséquences.

Drizzt lui avait rapporté ce que Malice et ses filles lui avaient fait, et Zak était assez intelligent pour comprendre leurs raisons. Cette « leçon » l'avait presque brisé, détruisant peut-être à jamais les idées qui lui étaient chères. Drizzt aurait du mal à s'accrocher à ses principes, maintenant que son innocence avait été souillée.

— Surveille tes propos, Zaknafein, l'avertit Matrone Malice.

— Je me bats avec fougue ! rétorqua le maître d'armes. Voilà pourquoi je gagne. Ton fils aussi se bat avec passion... Ne laisse pas le conformisme de l'Académie tuer son esprit !

— Laissez-nous, ordonna Malice à ses filles, qui obtempérèrent avec une révérence. Zaknafein, j'ai toléré tes hérésies toutes ces années, en raison de tes talents de guerrier. Tu as bien entraîné mes soldats, et ton habileté à faire couler le sang drow, particulièrement celui des prêtresses de la Reine Araignée, a facilité l'ascension de notre famille. Je n'ai pas été ingrate.

« Mais je t'avertis pour la dernière fois que Drizzt est mon fils ! Il ira à l'Académie, et apprendra à tenir son rang de prince de la Maison Do'Urden. Si tu t'interposes, Zaknafein, je ne fermerai plus les yeux ! Ton cœur sera jeté en pâture à Lloth ! »

Zak claqua des talons, puis fit demi-tour. Il n'avait plus le moindre espoir.

Dans le couloir, il crut entendre les hurlements des enfants DeVir, qui n'auraient jamais l'occasion de se faire les dents et les griffes à l'Académie.

Peut-être avaient-ils la meilleure part.

CHAPITRE XI

LUGUBRE PRÉFÉRENCE

Tirant sa lame du fourreau, Zak admira le travail de ciselure de l'armurier. Comme toutes les armes drows, cette épée avait été forgée par les nains gris qui commerçaient avec Menzoberranzan. L'artisanat des Duergars était exquis, mais le travail effectué par les elfes noirs après l'achat était essentiel. Aucun peuple ne surpassait les Drows en matière d'ensorcellement des armes. Imprégnée des sulfureuses émanations d'Ombre-Terre, dotée des pouvoirs spécifiques de ce monde sans étoiles, bénie par les prêtresses de Lloth, la lame devenait littéralement assoiffée de sang.

Les épées drows n'étaient jamais des armes d'apparat. Tant que leur fil ne perdait pas son tranchant, leur objectif restait le même : tuer.

Dans les mains de Zak, sa lame était devenue plus qu'un instrument de mort : une extension de sa rage, une réponse à une existence inacceptable à ses yeux.

Sa réponse à un insoluble dilemme.

Il alla admirer la danse meurtrière de son élève contre un mannequin hérissé de lances. Comme les lames recourbées volaient entre ses mains ! D'une inquiétante précision, elles semblaient guidées par une main magique.

Il était en passe de devenir un guerrier sans égal, supérieur même à son maître.

— Peux-tu survivre ? chuchota Zak. As-tu le cœur d'un guerrier drow ?

Il espérait que la réponse serait un « non » sans appel.

Dans ce cas, Drizzt était condamné...

Baissant les yeux sur son épée ensorcelée, il sut ce qu'il lui restait à faire. Il rejoignit Drizzt d'un pas décidé.

Le jeune elfe l'accueillit, sourire aux lèvres.

Un sourire de façade ? S'était-il pardonné d'avoir tué le champion de Maya ? Peu importait, au fond. Même s'il surmontait les tourments infligés par sa mère, l'Académie le détruirait. Le maître d'armes se mit en garde. Drizzt releva le défi, sans se rendre compte que cet ultime affrontement serait plus qu'une leçon.

— Je me souviendrai de tout ce que tu m'as appris, promit-il, en parant le premier estoc de son professeur. Je graverai mon nom sur les murs de Melee-Magthere, et tu seras fier de moi !

L'expression de Zak le surprit ; il fut encore plus dérouté quand, l'instant suivant, la lame plongea vers son cœur. Il esquiva d'un saut de côté ; heurtant le tranchant, il évita d'un rien d'être empalé.

— Es-tu si sûr de toi ? gronda Zak, implacable.

— Je suis un guerrier ! Un guerrier drow !

— Tu es un danseur-étoile ! fut la réponse méprisante. Imposteur ! Tu prétends à un titre qui te dépasse! (Le maître parait les attaques sans cesser de parler :) Sais-tu l'émotion qu'il y a à tuer ? As-tu admis l'acte que tu as commis ? (Un sourd grognement et des attaques plus violentes lui répondirent.) Ah, le plaisir qu'il y a à plonger sa lame dans le sein d'une grande prêtresse ! Voir la chaleur de la vie quitter son corps tandis que ses lèvres crachent d'ultimes malédictions ! As-tu jamais entendu les cris d'agonie d'enfants en bas âge ? (Les offensives du maître empêchèrent Drizzt d'abaisser ses armes.) Quels hurlements... Ils te poursuivent siècle après siècle, une vie entière se passe à écouter leurs échos résonner dans tes oreilles ! (Il fit une pause pour souligner ses propos.) Tu ne les as jamais entendus, n'est-ce pas, danseur-étoile ? (Il écarta les bras, appelant l'attaque.) Alors viens, commets ton second crime. Frappe dans le ventre, là où la douleur est la plus aiguë, que mes cris te poursuivent longtemps. *Prouve* que tu es un guerrier drow !

Les pointes des cimeterres s'inclinèrent lentement. Drizzt ne souriait plus du tout.

— Tu hésites ? (Il éclata de rire.) C'est ta chance de te faire un nom. Une simple fente, et ta réputation va te précéder à l'Académie. Maîtres comme étudiants murmureront sur ton passage « *Drizzt Do'Urden, le garçon qui a tué le meilleur maître d'armes de Menzoberranzan !* ». N'est-ce-pas ce que tu désires ?

— Maudit sois-tu ! cracha Drizzt, sans esquisser un geste.

— Un guerrier drow ? se moqua Zak. Ne t'empresse pas de revendiquer un titre dont tu ne sais rien !

Drizzt chargea, animé d'une furie qu'il n'avait jamais connue. Son but n'était pas de tuer, mais de vaincre le maître d'armes et d'effacer ses sarcasmes.

Il était brillant. Chaque coup était suivi de deux ou trois autres, à droite, à gauche, en haut, en bas, ne laissant à son adversaire nul loisir de prendre l'offensive.

Zak se surprit à redouter l'issue du combat, pourtant inévitable.

Il tira de sa bourse une minuscule boule de céramique.

— Bats-toi, Zaknafein ! cria Drizzt.

Zak lâcha la boule de feu.

Lui avait fermé les yeux, mais son jeune élève fut pris au dépourvu. L'esprit vrillé par la douleur, il tituba, cherchant à se mettre hors de portée.

Les yeux clos, Zak laissa son ouïe le guider ; aveuglé, Drizzt était une cible facile. Avec méthode, le maître d'armes approchait.

Drizzt brandit ses cimeterres à temps pour parer un coup qui aurait dû lui fracasser le crâne.

Zak ne s'attendait pas à ça. Une seconde tentative, sous un autre angle, se solda par le même échec.

Trop intrigué pour chercher encore à tuer, il lança une furieuse série d'estocades qui auraient eu raison des défenses d'adversaires capables de voir.

Drizzt repoussa ces attaques, un cimeterre toujours prêt à parer.

— Traîtrise ! hurla-t-il. Détestes-tu perdre à ce point ?

— Ne comprends-tu rien ? s'emporta Zak. Perdre, c'est mourir ! Tu peux gagner un millier de duels, mais tu ne peux en perdre qu'*un* !

Il fallait en finir. Une mise à mort rapide et indolore. Il *devait* le faire avant que les maîtres de l'Académie s'emparent de son protégé.

— Je ne peux pas ! s'entendit-il crier. Maudit sois-tu !

Et il jeta son arme. Les deux hommes restèrent face à face. L'obscurité revint quelques secondes plus tard.

— Une ruse des prêtresses de Lloth, expliqua Zak. Elles la gardent toujours en réserve. (Il sourit, tentant d'apaiser la colère de son fils.) J'ai souvent retourné cette arme contre elles.

— Traîtrise ! cracha Drizzt pour la troisième fois.

— C'est ainsi. Tu apprendras.

— Non ! cria-t-il. Tu souris quand tu parles d'assassiner des prêtresses de la Reine Araignée. Aimes-tu tant tuer ? *Tuer des Drows* ?

Zak resta coi. Les paroles du garçon le blessaient profondément parce qu'elles avaient l'accent de la vérité. Lui-même analysait ses tendances sanguinaires comme une réaction de lâche face à d'indicibles frustrations.

— Tu étais prêt à m'égorger, gronda Drizzt.

— Mais je ne l'ai pas fait, rétorqua Zak. Tu vas aller à l'Académie et tu finiras poignardé dans le dos parce que tu refuses de voir la monstruosité de ton peuple. A moins que tu deviennes un tueur parfait. Dans un cas comme dans l'autre, le Drizzt Do'Urden que j'ai connu n'existera plus.

Le jeune elfe ne trouva aucune repartie. Il se sentit blêmir et son cœur s'emballa. Il tourna les talons.

— Va donc, Drizzt Do'Urden, lui cria Zak. Va à l'Académie pour devenir un bourreau. Tu verras qu'on vit très bien avec le remords !

Va donc, Drizzt Do'Urden, acheva-t-il dans le secret de son cœur. *Va à l'Académie apprendre qui tu es réellement.*

*
* *

Dinin vint chercher son frère très tôt, ce matin-là. Le jeune elfe traîna les pieds dans l'espoir que Zak viendrait lui faire ses adieux ou lui lancer un nouveau défi.

Tout au fond, il savait que le maître d'armes ne se montrerait pas.

Il avait cru en leur amitié. Aujourd'hui, tout était fini. L'homme qui lui avait enseigné son art durant cinq ans n'avait plus rien à lui offrir.

— Dépêche-toi, grogna Dinin. Ne soyons pas en retard pour ton premier jour à l'Académie.

Drizzt contempla le bouquet de couleurs qu'était Menzoberranzan pour des yeux infrasensibles. Sorti de sa maison, il ne connaissait rien. Les paroles de Zak -

sa rage - bourdonnaient à ses oreilles.

— C'est le monde. Ne t'affole pas, second fils ! s'esclaffa Dinin. Tu vas tout apprendre sur ton peuple et sur ce que tu es.

Effrayé mais résigné, Drizzt suivit son frère, et fit ses premiers pas vers son lugubre destin.

*
* *

Un autre paire d'yeux les observait.

Tapi à l'ombre d'un champignon géant, Alton DeVir scrutait l'élégant complexe.

Daermon N'a'shezbaernon, neuvième Maison de Menzoberranzan. Le clan qui avait assassiné sa Matrone, ses sœurs et ses frères - tout ce qui avait été la Maison DeVir, lui excepté.

Il repensa aux jours enfuis où Matrone Ginafae avait réuni la famille pour discuter des aspirations de chacun. Avec le recul du temps et le bénéfice de l'expérience, il pouvait remettre les choses en perspective.

Ginafae était la plus jeune des Matrones du Conseil. Son potentiel semblait sans limites. Mais elle avait aidé une patrouille de gnomes, usant des pouvoirs accordés par Lloth, pour déjouer une embuscade montée par des Drows. Tout ça parce qu'elle désirait la mort d'un membre de cette expédition : le sorcier de la troisième Maison, victime désignée du raid suivant des DeVir.

La Reine Araignée s'était indignée de cette stratégie : les gnomes étaient les ennemis jurés de leur race. Ginafae condamnée, tout son clan avait connu la déroute.

Après vingt ans de recherches, de soif inassouvie de vengeance, Matrone SiNafay lui avait révélé l'identité des meurtriers.

A l'ombre de son champignon, Alton n'était sûr que d'une chose : les années d'attente n'avaient pas apaisé sa haine.

TROISIÈME PARTIE

L'ACADÉMIE

L'Académie.
Dispensatrice de tous les mensonges qui cimentent la société drow. Ces tromperies sont tellement ressassées qu'elles finissent contre toute raison par avoir des accents de vérité. A Menzoberranzan, les sermons sur la justice sont si manifestement contredits par la vie quotidienne qu'il est difficile de comprendre comment les jeunes peuvent y croire.

C'est pourtant ce qu'ils font.

Même à présent, si longtemps après, la simple idée de ce lieu m'effraie. Non pour les souffrances subies ou la peur constante de la mort : j'ai arpenté plus tard des routes aussi dangereuses. L'Académie de Menzoberranzan m'effraie quand je songe aux survivants - les diplômés -, lancés sur le monde comme une horde de prédateurs.

Leur credo ? Tout est excusable du moment qu'on ne se fait pas prendre ; tout ce qui importe dans la vie est de satisfaire ses appétits ; seuls les plus forts et les plus rusés sont habilités à jouir du pouvoir arraché aux mains qui ne le méritent plus. La com-

passion n'a aucun droit de cité à Menzoberranzan ; c'est pourtant la compassion, et ñon la force, qui offre l'harmonie à la plupart des peuples. Et c'est l'harmonie qui précède la grandeur.

Les faux-semblants noient le Drow sous la peur et la défiance. L'amitié n'est plus rien, et l'amour oublie jusqu'à son nom. La haine et l'ambition sonnent le glas de mon peuple ; mes frères prennent pour de la force ce qui n'est que faiblesse. De là l'existence paranoïde que les Drows appellent « Se tenir prêt ».

J'ignore comment j'ai survécu à l'Académie ; comment j'ai déjoué les duperies et renforcé les idéaux que je chéris par-dessus tout.

C'est sans doute grâce à Zaknafein, mon professeur. L'expérience qui lui a tant coûté et qui a aigri son cœur, il me l'a transmise. Mes oreilles ont entendu les cris.

Les cris des victimes innocentes.
Les cris des cœurs purs livrés à l'injustice.
Les cris des enfants assassinés...

Drizzt Do'Urden.

CHAPITRE XII

L'AUTRE, CET ENNEMI !

En habit de jeune noble, une dague dissimulée dans une botte (une suggestion de son frère Dinin), Drizzt montait l'immense escalier menant à la Brèche Tier. Il passa entre les piliers géants, sous l'œil impavide des gardes - des étudiants de dernière année de Melee-Magthere.

Il n'avait d'yeux que pour les imposants édifices des trois écoles. La stalagmite élancée de Sorcere, à sa gauche, abriterait les six premiers mois d'études de sa dixième et dernière année de formation.

Derrière s'élevait, écrasante, la structure d'Arach-Tinilith, creusée dans la roche sous la forme d'une gigantesque araignée. Cette école, la plus importante de toutes, était normalement réservée aux femmes. Les étudiants n'y avaient accès qu'au terme de leurs études, pour les six derniers mois.

Seule la pyramide de l'école des guerriers, Melee-Magthere, où il passerait les neuf prochaines années de sa vie, l'intéressait vraiment.

Une voix le tira de ses pensées.

— Salutations, dit un jeune elfe encore plus nerveux que lui. Je suis Kelnozz, de la Maison Kenafin, quinzième de Menzoberranzan.

— Drizzt Do'Urden de Daermon N'a'shezbaernon, Maison Do'Urden, neuvième de Menzoberranzan, répondit-il, comme Matrone Malice le lui avait appris.

— Tu es un noble, puisque ton patronyme est le nom de ton clan. Je suis honoré, ajouta Kelnozz avec une révérence.

Drizzt se dit que l'endroit allait peut-être lui plaire, après tout. Chez lui, personne ne le traitait avec respect. Il salua l'autre étudiant d'un hochement de tête.

Quelques instants plus tard, les maîtres vinrent chercher les nouveaux élèves avec force cris et claquements de fouets. Dinin était parmi eux. Conformément à ses instructions, Drizzt fit semblant de ne pas le reconnaître.

On les poussa dans une salle de classe ovale.

Le professeur se présenta : Hatch'net, Maître des Légendes. Son premier ordre fut d'interdire les armes en classe.

— Vous êtes des Drows, dit-il d'une voix coupante. Comprenez-vous ce que cela signifie ? Savez-vous d'où vous venez, et connaissez-vous l'Histoire de votre peuple ? Jadis nous vivions à la surface - un lieu effroyable : une grande sphère de feu, dans les cieux, bombarde le sol d'une lumière plus vive que les sphères punitives de Lloth ! Même la nuit, il est impossible de trouver la paix. Car d'autres lumières, plus petites, brillent dans le ciel !

« Jadis, nous foulions le sol de la surface. Nos compagnons étaient les elfes blancs, les féeriques ! »

— C'est impossible ! cria quelqu'un.

Hatch'net hésita entre corriger celui qui avait osé l'interrompre et laisser le groupe participer.

— C'était ainsi ! répondit-il, choisissant la seconde formule. Nous les appelions nos amis, ignorant, dans

115

notre innocence, leur degré de corruption et de traîtrise. Nous ne nous doutions pas qu'ils se retourneraient contre nous, massacreraient nos enfants et nos vieillards ! Ils nous ont pourchassés sans pitié. Toutes nos offres de paix se sont vu repoussées par l'arc et l'épée. (Il fit une pause, un sourire maléfique au coin des lèvres.) C'est alors que nous avons trouvé la déesse !

— Louanges à Lloth ! cria quelqu'un d'autre.

Hatch'net ne s'insurgea pas ; chaque commentaire augmentait la fascination du groupe pour sa rhétorique.

— En effet, louons la Reine Araignée. Elle prit notre race orpheline sous sa protection et nous aida à repousser nos ennemis ; elle guida les premières Matrones vers les délices d'Ombre-Terre. C'est elle, beugla-t-il, le poing brandi, qui nous donne la force de châtier nos ennemis !

« Nous sommes... *vous* êtes les Drows, maîtres de vos désirs, conquérants des terres que vous choisissez d'habiter ! »

— La surface ?

— La surface ? railla Hatch'net. Qui voudrait retourner dans ce monde répugnant ? Que les féeriques y restent ! Qu'ils brûlent sous les feux célestes ! Ici, nous sentons frémir sous nos pieds les entrailles de la terre. Sa chaleur nous réconforte !

Subjugué, Drizzt buvait les paroles du talentueux orateur. Depuis deux siècles, Hatch'net enseignait à l'Académie, auréolé d'un prestige sans égal. Les Matrones appréciaient son talent de propagandiste.

Les cours suivants virent se multiplier les harangues contre un ennemi toujours absent - féeriques, nains, gnomes, humains... et même des races souterraines comme les nains duergars, avec qui ils commerçaient et aux côtés desquels ils se battaient souvent.

Pas étonnant que les armes soient interdites dans cette salle ! Drizzt en sortait toujours les poings serrés de rage, rêvant d'empoigner la garde d'un cimeterre. Il n'était pas le seul, à en juger par les rixes qui opposaient fréquemment les étudiants. Heureusement la haine des *autres* empêchait que les choses aillent trop loin.

*
* *

Les heures passées dans la salle ovale ne leur laissaient guère le loisir de mieux se connaître ; les corvées occupaient le reste de leur temps. Au terme de la première semaine, tous étaient épuisés, ce qui donna plus d'impact à l'endoctrinement.

Drizzt trouvait cette existence préférable aux six ans où il avait servi de page à sa mère et à ses sœurs. Mais les joutes avec Zak lui manquaient.

Le cinquantième jour, sous la supervision de Hatch'net, les étudiants choisirent une arme de bois pour l'exercice appelé « la Grande Mêlée » ; Drizzt se munit de deux bâtons recourbés d'environ un mètre de long, dont le poids s'apparentait à celui de ses cimeterres.

Puis Hatch'net, secondé de Dinin, les conduisit derrière la Brèche Tier, au-delà des deux statues géantes.

Dans le combat à venir, il n'y aurait qu'un vainqueur. La seule règle : gagner.

L'arène était constellée de stalactites et de stalagmites.

— Choisissez votre stratégie et votre point de départ, dit Hatch'net. La Grande Mêlée commencera à mon signal.

Les vingt-cinq jeunes hommes s'éparpillèrent. Certains étudièrent le terrain ; d'autres coururent se cacher sans attendre.

Drizzt résolut de dénicher un refuge étroit pour s'assurer de combattre un seul adversaire à la fois.

Quelqu'un l'attrapa par l'épaule :

— On fait équipe ? proposa Kelnozz.

Drizzt ne répondit pas, peu sûr de la valeur du jeune homme, et doutant que les règles du jeu permettent de telles collusions.

— D'autres forment des équipes, insista Kelnozz. Ensemble nous aurions une chance.

— Le maître a dit qu'il n'y aurait qu'un vainqueur, lui opposa Drizzt.

— Qui est meilleur que toi, si ce n'est moi ? railla Kelnozz avec un clin d'œil. Terrassons les autres, et nous réglerons le problème entre nous.

Le raisonnement semblait avisé, et le temps pressait. Drizzt assena une claque sur l'épaule de son nouvel allié ; ils partirent ensemble.

En hauteur, sur des passerelles, une douzaine de juges savouraient d'avance les combats qui allaient opposer les jeunes de cette nouvelle promotion.

— Que la Grande Mêlée commence ! cria Hatch'net.

— Laissons-les se battre jusqu'à épuisement ! La patience est notre alliée ! souffla Drizzt.

Kelnozz se détendit, estimant qu'il avait bien choisi son partenaire.

L'attente ne fut guère longue : un étudiant jaillit, un bâton pointu en main. Son attaque ne surprit pas Drizzt ; il bloqua le coup sans mal et frappa le garçon à la poitrine. L'elfe vaincu s'auréola d'une lueur bleutée ; un juge lui ordonna de s'étendre sur le sol.

— Viens, dit Drizzt à son compagnon. Nous sommes repérés ; trouvons une nouvelle position défensive.

Admirant la gracieuse foulée de son allié, Kelnozz sut qu'il n'aurait jamais le dessus s'ils restaient face à face.

Ils rencontrèrent deux autres adversaires au détour d'un couloir. Kelnozz se lança à la poursuite du premier ; Drizzt, dont l'assurance ne cessait de croître, n'eut aucun mal à vaincre le second.

Quand l'inconnu, furieux, fit la sourde oreille aux injonctions du juge et attaqua Drizzt de nouveau, une boule de lumière vint le frapper, le brûlant gravement.

Le juge interdit à Drizzt de se porter à son secours.

Kelnozz revint, facile vainqueur du deuxième étudiant.

La rencontre suivante fut plus délicate : un trio de nobles de haut rang.

Drizzt attaqua. Sans avoir jamais combattu de groupe, il connaissait la théorie de ce genre d'escarmouche. Tout l'art consistait à amener ses adversaires à se gêner.

Ceux-ci étaient rusés, et formaient une véritable équipe. Leurs attaques se complétaient, obligeant Drizzt à défendre une zone importante.

Zak l'avait surnommé « Deux-Mains ». Il prouva qu'il le méritait en maniant ses bâtons indépendamment, comme un pianiste joue le chant et le contrechant. On eût dit que deux cerveaux guidaient ses bras.

Sur la passerelle, maître Hatch'net observait la rencontre, très impressionné. Dinin paradait d'importance.

Lisant la frustration sur les visages adverses, Drizzt sut que l'occasion de conclure allait bientôt se présenter. Deux nobles se fendirent, leurs épées de bois à quelques centimètres l'une de l'autre.

Drizzt esquiva du bras gauche et saisit l'ouverture. Sa contre-attaque, rapide comme l'éclair, lui permit de les toucher tous deux à la cuisse.

Ils lâchèrent leurs armes à l'unisson, et tombèrent à genoux. Drizzt se précipita pour s'excuser, pendant que les deux maîtres lançaient les lumières bleutées.

— Drizzt, à moi ! cria Kelnozz.

Il était acculé par les manœuvres habiles du troisième noble ; Drizzt s'interposa et para le coup qui aurait eu raison de son allié.

Ce nouvel adversaire était le plus coriace. Il avança sur Drizzt, deux épées de bois en main.

— Berg'inyon de la Maison Baenre, murmura Hatch'net à Dinin, qui comprit l'importance de l'enjeu.

Berg'inyon se montrait à la hauteur de sa lignée : Drizzt et lui ferraillèrent de longues minutes sans qu'aucun trouve la faiblesse de l'autre. Berg'inyon tenta alors l'attaque basse favorite de Zak. La parade en croix fonctionna à merveille. Mais Drizzt décocha un coup de botte à la face de son adversaire à travers les lames croisées.

Le fils Baenre s'écroula.

— Je savais bien que la parade était mauvaise ! Il manquait quelque chose ! s'écria Drizzt, impatient de retourner le prouver à son maître.

Existait-il un adversaire qu'il ne pût vaincre ? se dit-il, souriant de joie.

Un coup violent sur la nuque... Il tomba à genoux, et vit Kelnozz s'éloigner à travers un brouillard.

— Quel imbécile ! ricana Hatch'net. Un imbécile doué.

Dinin croisa les bras, rouge d'embarras et de colère.

La joue contre la pierre froide, Drizzt se souvint des paroles sarcastiques et douloureusement justes de Zaknafein : « Tu apprendras. »

CHAPITRE XIII

LE PRIX DE LA VICTOIRE

— Tu m'as trahi, accusa Drizzt.

Seuls Kelnozz et lui restaient éveillés dans la caserne. Les autres dormaient, épuisés par la Grande Mêlée et les corvées quotidiennes.

Kelnozz s'attendait à cette confrontation ; il avait deviné la naïveté de Drizzt au premier coup d'œil. Seul un idéaliste ou un idiot pouvait s'étonner qu'on frappe un partenaire dans le dos pour remporter une victoire.

— Pourquoi ?

Kelnozz jeta des coups d'œil nerveux autour d'eux et répondit par gestes.

— Où est le mystère ? J'ai agi comme je devais, un peu prématurément... J'aurais pu terminer mieux que troisième si je t'avais laissé continuer.

— Si nous étions restés alliés, comme il était convenu, tu aurais pu gagner, ou finir deuxième, rétorqua Drizzt, de ses mains qui fendaient furieusement l'air.

— Exact. Mais je savais dès le début que je n'avais aucune chance contre toi : tu es le meilleur bretteur

121

que j'aie jamais vu.

— Et je me suis ridiculisé ! râla Drizzt à voix haute.

— Huitième, ce n'est pas si mal, chuchota Kelnozz. Berg'inyon n'est que dixième. Tu devrais être heureux de ne pas prêter davantage le flanc à la jalousie. Avoir un classement plus élevé ne signifie qu'une chose : ton dos devient la cible de prédilection des envieux.

Drizzt refusa de croire qu'un tel état d'esprit régnait à l'Académie.

— Je suis huitième, dit-il, plus en colère que jaloux. Pourtant je pourrais te vaincre avec n'importe quelle arme !

— Mais j'ai gagné, répondit Kelnozz en haussant les épaules.

— Gagné ? hoqueta Drizzt. Tu m'as pris en traître ! L'honneur exige qu'on défie loyalement un adversaire !

— Tous les coups sont permis du moment qu'on gagne ! J'ai gagné, Drizzt Do'Urden, c'est tout ce qui importe !

Dans la chaleur de leur dispute, le ton avait monté ; la porte s'ouvrit brutalement. Les deux novices roulèrent sous leur couverture, à l'abri, fermant les yeux... et la bouche.

Cette nuit-là, Drizzt comprit que leur amitié était morte et enterrée - si tant est qu'elle eût jamais existé.

*
* *

— Tu l'as vu ? s'enquit Alton, pianotant sur la petite table de ses appartements, que les étudiants avaient remis à neuf. Huitième, un joli résultat.

— Tous les témoignages concordent, dit Masoj. Il a une étoffe de premier ; je serais prudent, si j'étais toi.

— Il ne vivra pas longtemps ! s'emporta Alton. La

Maison Do'Urden mise beaucoup sur son rejeton aux yeux lavande ; il sera ma première cible.

— Tu ne le blesseras pas ! rugit Masoj. Tu ne t'en approcheras même pas !

— J'ai attendu deux décennies...

— Et tu peux attendre encore un peu. Je te rappelle que tu as accepté l'invitation de Matrone SiNafay à rejoindre notre clan. Semblable alliance implique l'obéissance. C'est *moi* qui exécuterai cette mission, suivant ses instructions. (Alton pesa soigneusement ces paroles.) Ses plans te permettront de réaliser la vengeance dont tu rêves. Je t'avertis, Alton DeVir, si tu mets les Do'Urden sur la défensive par des actes de violence irréfléchis, tu t'exposeras au courroux de la Maison Hun'ett. Nous n'hésiterons pas à dénoncer ton imposture au Conseil !

— Quels sont les plans de... Matrone SiNafay contre les Do'Urden ? demanda calmement Alton. Parle-moi de ma vengeance, que je puisse encore survivre à des années de tourments et d'attente.

Masoj jouait avec le feu ; Matrone SiNafay ne lui avait jamais demandé de dévoiler leurs plans au versatile Alton.

— Disons simplement que la Maison Do'Urden est devenue puissante au point de menacer les plus grands. Songe à la chute de la Maison DeVir, parfaitement orchestrée. Bien des nobles dormiraient mieux si...

Il s'arrêta, estimant en avoir déjà trop dit. A en juger au regard de son interlocuteur, l'appât suffisait à acheter la patience d'Alton.

*
* *

L'Académie fut une déception pour le jeune Drizzt. Les leçons de haine du Maître des Légendes lui remirent en mémoire les mises en garde énigmatiques de Zak. Le maître d'armes savait ce qui l'attendait. Maintenant que le voile était en partie levé, une évidence s'imposait : les seuls actes vils dont Drizzt avait été témoin étaient le fait de Drows.

Alors à quoi rimait la xénophobie ambiante ?

Les heures consacrées aux exercices militaires lui posaient moins de problèmes. Arme au poing, il oubliait ces troublantes questions.

Il excellait au combat. Son niveau croissait de jour en jour, élargissant le fossé qui le séparait de ses camarades. Il apprit à dépasser les techniques d'école, créant ses propres tactiques qui surpassaient souvent les manœuvres standards.

Au début, Dinin s'enorgueillit d'entendre sans cesse des louanges sur son jeune frère. Mais la chaleur des compliments ne tarda pas à le mettre sur la défensive. Il avait gagné son titre de fils aîné en assassinant Nalfein. Avec ses talents de bretteur, Drizzt ne manquerait pas de lorgner bientôt sa position.

Les camarades du jeune elfe suivaient son éblouissante danse guerrière avec rage et jalousie. Mais le pragmatisme était le fort des Drows. Les étudiants avaient passé leur enfance à voir leurs aînés chercher de juteuses associations.

Quand revint le temps de la Grande Mêlée, Drizzt fut littéralement assailli de demandes d'alliance.

L'offre la plus étonnante vint de Kelnozz de la Maison Kenafin, qui lui proposa une nouvelle entente, comme s'ils étaient les meilleurs amis du monde.

Sans lui faire l'honneur d'une réponse, Drizzt s'éloigna, jetant ostensiblement un coup d'œil pardessus son épaule.

— Qu'est-ce qui t'étonne tant ? demanda Kelnozz, qui le rattrapa vite.

— Comment pourrais-je m'allier avec quelqu'un qui m'a trompé ? Je n'ai pas oublié ta perfidie !

— Justement ! Tu te méfies davantage maintenant ; je serais stupide de tenter le même coup !

— Comment gagnerais-tu autrement ? Tu ne peux me défaire en combat loyal.

— La deuxième place est un grand honneur, souffla Kelnozz.

— Si nous nous rencontrons lors de la mêlée, ce sera pour nous battre. J'aimerais beaucoup que ça arrive.

Drizzt s'éloigna ; Kelnozz ne courut plus derrière lui.

*
* *

Ce jour-là, la chance lui sourit : sa première victime fut précisément Kelnozz. Il eut du mal à ne pas lui passer son cimeterre de bois entre les côtes.

Il se déplaça avec circonspection. Faisant l'unanimité contre lui, il était une cible de choix. Mieux valait laisser ses adversaires s'éliminer.

Au bout de quatre heures de cache-cache, il n'en restait plus qu'un : Berg'inyon Baenre.

— Sors de ta cachette, étudiant Baenre ! Battons-nous avec honneur.

Sur la passerelle, Dinin secoua la tête, accablé.

— Il a gâché son avantage, commenta maître Hatch'net. Il énervait Baenre. Le voilà qui trahit sa position !

Berg'inyon se faufilait derrière sa proie, à l'abri des stalagmites. L'affaire allait être vite réglée.

— As-tu peur ? hurla Drizzt. Si tu mérites la première place comme tu t'en flattes, viens te mesurer à moi. Ou cesse de te vanter.

Un bruit de pas le fit se retourner.

— La victoire n'est pas qu'une affaire de courage ! s'écria le fils Baenre, sûr de son triomphe.

Mais il trébucha sur un fil tendu par Drizzt et s'affala. Drizzt fut sur lui d'un bond, lui écrasant la pomme d'Adam de la pointe de son arme.

— C'est ce que j'ai appris, grinça le fils de Malice.

— Un Do'Urden devient donc le champion, conclut Hatch'net, lançant la flamme bleu contre le vaincu. Les aînés devraient se méfier de frères cadets de cet acabit, ajouta-t-il pour Dinin, effaçant du coup le sourire ravi du premier fils.

*
* *

Si cette victoire lui apporta peu de satisfaction, Drizzt fut heureux de voir ses talents de guerrier s'affirmer de jour en jour. Chaque heure libre était consacrée à l'entraînement ; les corvées diminuèrent au fil des années. Le jeune elfe se délectait de la danse de ses lames et de l'acuité de ses réflexes. Ses cimeterres étaient ses seuls amis, les derniers en qui il eût confiance.

Il gagna de nouveau la Grande Mêlée la troisième et la quatrième années malgré les conspirations. Les maîtres, l'an suivant, le placèrent dans un groupe de huitième année. Il gagna encore.

L'Académie était une organisation structurée. Même si les dons de Drizzt bouleversaient les règles du jeu, ses études ne seraient pas écourtées. Ces dix années étaient pures vétilles en comparaison des trente ans d'études d'un aspirant sorcier, ou des cinquante d'une prêtresse en herbe. Les futurs soldats commençaient à vingt ans, les sorciers à vingt-cinq, et les prêtresses à quarante.

Durant ses quatre premières années à Melee-Magthere, consacrées au combat singulier, les maîtres lui enseignèrent peu de choses que Zaknafein ne lui ait déjà apprises.

Les leçons devinrent ensuite plus ardues. Les jeunes guerriers passèrent deux ans à apprendre les techniques de combat en groupe ; les trois années suivantes reliaient cet apprentissage à celui de la guerre, d'abord aux côtés des sorciers et des prêtres, puis contre eux.

Les six derniers mois de la dixième année se passaient sous la tutelle des prêtresses d'Arach-Tinilith.

Tout ce temps, les préceptes haineux et les mensonges de la Reine Araignée - véritable ciment de la société drow -, leur étaient enfoncés dans le crâne sans relâche.

CHAPITRE XIV

LE RESPECT QUI CONVIENT

Aussi silencieux qu'une brise, ils avançaient dans les tunnels, les sens en alerte. Pour ces étudiants de neuvième année, le champ d'opérations était élargi aux abords de la cité. A leurs ceintures pendaient désormais de véritables armes d'adamantite.

Ces « patrouilles d'entraînement », comme les appelait maître Hatch'net, rencontraient à l'occasion des monstres bien réels et tout à fait inamicaux.

Drizzt conduisait la colonne, suivi de maître Hatch'net et de dix étudiants. A proximité, Berg'inyon Baenre, assisté de maître Dinin, dirigeait une autre formation.

Ce jour-là, Drizzt sentit une tension inhabituelle chez le Maître des Légendes, connu pour son impassibilité. Il ne fut pas surpris quand la patrouille rencontra un esclave, terrorisé par la vision de leurs armes.

— Que fais-tu hors de la ville ? lui demanda Drizzt, menaçant.

— La fille de mon maître s'est perdue... Il paraît

que des monstres aux doigts crochus errent dans ces tunnels...

Drizzt savait que ces créatures étaient dotées d'une ouïe exceptionnelle. Il fit signe aux autres de respecter un silence absolu.

— Les globes de ténèbres n'auront pas raison de ces créatures, mima Hatch'net. Ni ceci, ajouta-t-il, désignant son arbalète. Trouvez la faille dans la carapace et atteignez la chair.

Ils repartirent en file indienne.

Des hurlements retentirent.

C'étaient des cris d'enfant.

Alors qu'Hatch'net mettait les hommes en formation de combat, Drizzt, envahi d'une rage irrépressible, partit comme une flèche.

Hatch'net fit signe aux étudiants de le suivre ; voir le meilleur d'entre eux se faire massacrer par sa témérité, voilà qui leur servirait de leçon.

Drizzt courait dans les méandres, guidé par les pleurs étouffés de l'enfant. Il se hissa sur un éboulis et aperçut la faible chaleur émise par les monstres dont les corps étaient presque à température ambiante.

Au fond d'un tunnel, il discerna cinq créatures. Deux montaient la garde, trois s'amusaient avec un petit objet.

Drizzt reprit son avance, silencieux. Il vit la fillette livrée à la cruauté des bipèdes de cauchemar. La patrouille, en surgissant, le força à se découvrir. Son cri sauva la vie des quatre premiers elfes. Un monstre leva son pied griffu pour écraser l'enfant.

La bête faisait deux fois la taille de Drizzt, et plus de cinq fois son poids. Avec sa carapace, ses mains et ses pieds griffus et son long bec pointu, elle constituait un adversaire de poids.

Deux monstres se ruèrent sur Drizzt ; il les évita d'un saut, et atterrit aux côtés du troisième, cimeterres brandis. L'être, surpris de cette frénésie, fut incapable de résister au tourbillon argenté de ses armes. Drizzt avait l'avantage, mais les deux autres créatures menaçaient de le prendre à revers.

Une patte griffue fouetta l'air, déchirant son *piwafwi* et lacérant son épaule. Il plongea de côté. Un monstre avança sur lui ; un autre s'empara de l'enfant et lui brisa la nuque.

Drizzt perdit tout sens commun.

Il chargea, ses deux cimeterres fendant l'air devant lui. Contre une telle soif de sang, personne ne pouvait rien. Taillant, tranchant, estoquant, Drizzt ne s'arrêta pas avant d'être couvert d'un sang poisseux à l'odeur pestilentielle.

La bataille était terminée. Il avait tué trois créatures. Ses compagnons et le groupe de Dinin en avaient étripé deux. Drizzt s'en sortait avec une plaie au dos. Un étudiant était mort.

Personne ne se souciait de lui ou de la dépouille de l'enfant.

Il observa avec curiosité l'insensibilité de ses compagnons.

— Une gosse du peuple, dit maître Hatch'net, sans aucun intérêt.

— Jolie bataille, apprécia Dinin, avec un mort seulement de notre côté. Retournez à Menzoberranzan, fiers du travail accompli ce jour, soldats...

— En ligne, et demi-tour, renchérit maître Hatch'net. Vous avez bien travaillé. (Il foudroya Drizzt du regard.) Excepté toi ! Tu as vaincu trois de ces créatures, mais ta stupide bravoure nous a mis en danger !

— Je vous ai averti de la présence des sentinelles..., bégaya Drizzt.

— Au diable tes avertissements ! hurla Hatch'net. Tu as chargé de ton propre chef ! Tu as fait fi des méthodes de combat ! Tu nous as conduits à l'aveuglette ! Regarde le cadavre de ton camarade ! Son sang est sur tes mains !

— Je voulais sauver l'enfant.

— Nous le voulions tous !

Drizzt n'en était pas si sûr. Que faisait une gamine seule dans ces couloirs ? Comme il était pratique qu'un groupe de monstres se soit justement trouvé là, pour fournir un bon exercice à la patrouille. Tout cela sentait mauvais.

— Tu savais ce qui nous attendait, maître, siffla Drizzt.

Un coup du plat de la lame sur sa blessure au dos le fit tressaillir de douleur.

— Garde tes niaiseries pour toi, gronda Dinin derrière lui, à voix basse. Ou je te couperai la langue.

*
* *

— C'était un coup monté, insista Drizzt, une fois qu'il fut seul avec Dinin.

Son frère le gifla.

— Ils ont sacrifié l'enfant pour l'exercice, gronda le jeune elfe, entêté. (Il bloqua un second coup :) Tu sais que je dis vrai. Tu l'as toujours su.

— Apprends à garder ta place, second fils, menaça Dinin, à l'Académie comme dans ta famille.

— Que l'Académie aille en enfer ! s'emporta Drizzt. Quant à la famille... (Dinin dégaina son épée et son poignard ; Drizzt recula, cimeterres prêts.) Je n'ai nul désir de t'affronter, mon frère. Mais si tu attaques, je me défendrai. Un seul d'entre nous sortira vivant de cette pièce.

Dinin réfléchit : s'il gagnait, sa position au sein de la famille serait définitivement assurée. Même Matrone Malice ne trouverait rien à redire au châtiment infligé à son impertinent cadet. Mais il l'avait vu se battre. Trois monstres au tapis ! Le risque était grand...

— Que se passe-t-il ici ? tonna Vierna en faisant irruption dans la pièce. Rangez vos armes ! La Maison Do'Urden ne peut tolérer pareilles querelles en ce moment !

Soulagé, Dinin obéit aussitôt. Drizzt l'imita.

— Estimez-vous heureux que je ne souffle mot à Matrone Malice de vos inepties. Elle serait sans pitié.

— Pourquoi cette visite impromptue à Melee-Magthere ? demanda l'aîné, contrarié qu'on ne lui montre pas quelque respect, même s'il n'était qu'un mâle.

— Pour vous avertir, mes frères : il circule des rumeurs de vengeance contre notre famille.

— Qui ? Et pourquoi ?

Drizzt s'écarta, laissant ses aînés à leur conversation.

— L'élimination de la Maison DeVir, j'imagine, répondit Vierna. On sait peu de choses ; les rumeurs restent vagues, c'est leur nature qui veut ça. Mais je voulais vous avertir : soyez vigilants dans les mois à venir.

— La Maison DeVir a disparu il y a des années, s'étonna Dinin. Quel châtiment pourrions-nous redouter ?

— Ce ne sont que des rumeurs, Dinin, mais tu sais le mal qu'elles peuvent faire.

— On nous accuse à tort ? demanda Drizzt. Notre famille doit dénoncer le calomniateur !

Vierna et Dinin échangèrent un sourire, puis rirent franchement de sa confusion.

— La nuit où tu es né, expliqua Dinin, la Maison DeVir a cessé d'exister. Une excellente attaque !

— La Maison Do'Urden était coupable ? hoqueta Drizzt, n'en croyant pas ses oreilles.

— Une des plus belles éliminations jamais réussies, se vanta Vierna. Pas un seul témoin en vie.

— Vous... Notre famille... a exterminé un autre clan ?

— Surveille tes propos, second fils, l'avertit Dinin.

L'affaire fut parfaitement exécutée. Aux yeux de Menzoberranzan, il ne s'est rien passé.

— Mais la Maison DeVir a cessé d'exister, insista Drizzt.

— Jusqu'au dernier enfant, précisa Dinin.

Un millier de questions submergèrent Drizzt ; une lui monta à la gorge comme de la bile :

— Où était Zaknafein, cette nuit-là ?

— Dans la chapelle de la Maison DeVir, répondit Vierna. C'est notre maître exécuteur...

Drizzt en resta abasourdi. Il savait que Zaknafein avait tué des prêtresses. Mais il pensait que c'était en état de légitime défense...

— Tu devrais être plus respectueux envers ton frère, le gronda Vierna. Tirer ton cimeterre contre Dinin ! Tu lui dois ta vie !

— Tu sais ? demanda Dinin, avec un regard en coin.

— Nous étions mentalement liés, cette nuit-là, lui rappela Vierna. Bien sûr que je sais.

— De quoi parlez-vous ? demanda Drizzt, effrayé d'avance par la réponse.

— Tu étais le troisième mâle de la famille, expliqua Vierna. Le troisième vivant.

— J'ai entendu parler de mon frère Nal...

Le nom s'étrangla dans la gorge de Drizzt ; il commençait à comprendre. Un Drow l'avait tué...

— Tu apprendras à Arach-Tinilith que les troisièmes fils sont d'ordinaire sacrifiés à Lloth, poursuivit Vierna. Tu lui étais promis. La nuit de ta naissance et de la destruction des DeVir, Dinin accéda au rang de fils aîné. Je peux le dire, maintenant. Tout cela est trop vieux pour qu'il puisse encore être inquiété.

— De quoi parles-tu ? demanda Drizzt, luttant contre la panique. Qu'a fait Dinin ?

— Il a poignardé Nalfein dans le dos.

L'estomac de Drizzt se noua.

Sacrifice ? Meurtre ? Anéantissement d'une famille,

enfants compris ?

De quoi parlaient-ils donc ?

— Respecte ton frère ! répéta Vierna. Tu lui dois la vie ! Je vous préviens tous les deux, la Maison Do'Urden sera bientôt sur le pied de guerre. Si vous vous querellez, vous y gagnerez les foudres de quatre grandes prêtresses - vos sœurs et Matrone Malice.

Elle s'en fut, pensant en avoir assez dit.

Drizzt voulut sortir à sa suite. Il avait besoin de solitude et de silence.

— Tu t'en iras quand on t'en donnera la permission ! cria son frère. Souviens-toi de ton rang, Drizzt Do'Urden, à l'Académie et dans ta famille.

— Comme tu t'es souvenu du tien avec Nalfein ?

— La bataille contre les DeVir fut une victoire, répondit Dinin, impassible. La mort de Nalfein n'a pas gêné la famille.

Une autre vague de dégoût submergea le jeune elfe. Il crut que la terre allait s'entrouvrir pour l'avaler, et un bref instant, il l'espéra presque.

— Ce monde est brutal.

— Parce que nous le rendons ainsi ! cracha Drizzt.

Il aurait voulu continuer, accuser la Reine Araignée et sa religion amorale qui récompensait des actions fourbes et destructrices. Il tint sa langue. Dinin voulait sa mort, c'était clair. Inutile de lui donner matière à focaliser la colère de leurs sœurs sur lui.

— Tu dois apprendre à accepter la réalité. Apprendre à reconnaître tes ennemis et à les vaincre.

— Par tous les moyens ?

— C'est la marque d'un vrai guerrier !

— Nos ennemis sont-ils des elfes noirs, nos frères de sang ?

— Nous sommes des guerriers drows. Nous faisons ce qui est nécessaire pour survivre.

— Comme tu l'as fait le jour de ma naissance ? conclut Drizzt, résigné. Tu as eu l'habileté de t'en tirer sans une égratignure.

La réponse de son frère, sans être inattendue, le blessa profondément :
— Tout ça n'est jamais arrivé. Oublie ces histoires.

CHAPITRE XV

DU CÔTÉ OBSCUR

— Je suis Drizzt...
— Je sais qui tu es, coupa l'aspirant mage qui allait être son tuteur à Sorcere. Ta réputation te précède. Presque tous, à l'Académie, ont entendu parler de toi et de tes prouesses.

Drizzt s'inclina, embarrassé.

— Ce talent te servira peu ici. Je dois te donner des cours, te former au *côté obscur* de la magie, comme nous l'appelons. C'est une épreuve pour ton esprit et pour ton cœur ; les armes de métal n'y jouent aucun rôle. La magie est le vrai pouvoir de notre peuple !

Drizzt accepta l'admonestation sans mot dire. Il savait que l'esprit et le cœur étaient l'apanage des vrais guerriers. Le physique entrait pour une faible part dans ses succès. Une volonté de fer et une stratégie intelligente - des qualités que le mage croyait réservées aux sorciers - expliquaient son invulnérabilité.

— Je te montrerai force merveilles dans les mois à venir, poursuivit le tuteur, des objets et des sortilèges qui dépassent tes rêves les plus fous !

— Puis-je connaître ton nom ? demanda Drizzt, s'efforçant de paraître impressionné par ce flot d'autosatisfaction.

Il en savait long sur la sorcellerie grâce à Zaknafein. Dans la hiérarchie, les sorciers venaient juste après les prêtresses de Lloth. C'était un mage qui allumait les feux de Narbondel, l'horloge de la cité ; des sorciers encore qui illuminaient les frontons des maisons.

Zaknafein n'avait que mépris pour eux. Ils pouvaient tuer à distance, mais ne pesaient pas lourd face à une épée.

— Masoj Hun'ett de la Maison Hun'ett, dans ma dernière année d'études. Je serai bientôt un vrai sorcier, et je jouirai des privilèges qui me sont dus.

— Salutations, Masoj Hun'ett. Je n'ai plus qu'une année d'études à Melee-Magthere.

— Une caste inférieure, les guerriers ! Nous, nous étudions trente ans avant d'être autorisés à exercer notre art.

Drizzt accepta l'insulte avec grâce. Il se fichait de tout à condition d'en finir au plus vite avec l'Académie.

*
* *

Les six mois passés sous la tutelle de Masoj furent la meilleure période de ses études. Non qu'il en vînt à apprécier le mage : Masoj ne ratait jamais une occasion de lui rappeler son statut d'inférieur, et il semblait souvent le jauger en vue d'un conflit ultérieur. Drizzt s'en accommodait au mieux, s'appliquant comme toujours à tirer le maximum des enseignements prodigués.

Il se découvrit des dons pour la magie. Tous les elfes possédaient un talent inné pour cet art. Les enfants étaient capables d'invoquer des globes ténèbres ou de lancer sur leurs petits adversaires des auras inoffensives. En quelques semaines, Drizzt sut manier plusieurs sorts mineurs.

Mais les Drows avaient aussi une forte résistance innée aux attaques magiques. C'était la faille majeure des sorciers, jadis repérée par Zaknafein. Les sorts les plus puissants, exécutés à la perfection, risquaient toujours d'échouer contre d'autres Drows. Un bon cimeterre était plus sûr. Drizzt en apprécia d'autant plus les leçons de son ancien maître...

Masoj étudiait attentivement le jeune guerrier, guettant ses faiblesses. Il eut l'occasion d'éliminer Drizzt à plusieurs reprises, et sans risques, mais les instructions de Matrone SiNafay étaient claires. Il ne commettrait pas la folie de désobéir. Mais un autre sorcier, tapi dans l'ombre, était assez désespéré pour cela.

*
* *

— Mon étudiant, Masoj, m'a rapporté tes remarquables progrès, dit un jour Alton DeVir à Drizzt.

— Merci, maître Sans Visage, répondit le jeune elfe, intimidé de se voir accorder une entrevue par un maître de Sorcère, et dans ses appartements.

— Que penses-tu de la magie, jeune guerrier ? demanda Alton. Masoj t'a-t-il impressionné ?

Drizzt ne sut quoi répondre. Impressionné, il ne l'était guère, mais il ne voulait pas se montrer insultant envers un maître.

— Cet art me dépasse, répondit-il avec tact. Il paraît puissant, mais je crois que mes talents sont davantage adaptés à l'escrime.

— Crois-tu que tes armes auraient raison d'un de nos sorts ? gronda Alton.

— Les armes sont utiles. Qui peut dire quelle est la plus puissante ? Comme toujours, cela dépend des individus.

— Qu'en est-il de toi ? insista Alton. Toi qui es major de ta promotion, année après année ? Les maîtres de Melee-Magthere célèbrent ta virtuosité.

Drizzt rougit. Qu'un maître de Sorcere en sache aussi long sur lui ne manqua pas de l'intriguer.

— Pourrais-tu affronter un adversaire doté de pouvoirs occultes ? Un maître de Sorcere, par exemple ? Voyons cela !

Un éclair jaillit de ses mains.

Drizzt plongea, l'évitant de justesse. Il se releva souplement, ses cimeterres en main. A quel jeu jouait-on ?

— Combien d'autres pourras-tu éviter ? railla Alton. Et les sortilèges qui attaquent l'esprit ? Comment les vaincras-tu ?

Que faire ? Etait-il censé défier un maître ?

— Ce ne sont pas des armes d'entraînement, grogna-t-il, brandissant ses lames.

Un autre éclair jaillit.

— Est-ce qu'il s'agit d'un entraînement, à ton avis, imbécile de Do'Urden ? gronda le sorcier. Sais-tu qui je suis ?

L'heure de la vengeance avait sonné. Au diable les ordres de Matrone SiNafay !

A l'instant où Alton allait révéler son identité, quelque chose le percuta en plein dos. Il tomba, face contre terre.

Une panthère noire le maintenait immobile.

Dérouté, Drizzt baissa sa garde.

— Assez, Guenhwyvar ! lança Masoj.

La panthère obéit. Elle retourna au côté de son maître d'un bond, sans cesser d'observer Drizzt, immobile au milieu de la salle.

Le jeune elfe admira l'animal, puissant, gracieux, tout entier dédié à la chasse et au combat.

Alton se releva, sans une égratignure, mais bouleversé.

Emerveillé, Drizzt regarda Masoj ramener le félin

dans son plan d'existence, le renfermant dans la figurine d'onyx qu'il tenait à la main.

Alton redoutait le prix que sa folie allait lui coûter.

— As-tu compris la leçon ? s'enquit Masoj, s'adressant autant à l'élève qu'au sorcier.

— Je ne suis pas certain d'en avoir saisi tout le sens, répondit franchement Drizzt.

— C'était une démonstration des faiblesses de la magie, expliqua Masoj, rusé. Un sorcier obsédé par ses sortilèges est très vulnérable. Voilà ce qu'il fallait comprendre. N'est-ce pas, Sans Visage ?

Drizzt comprit qu'il s'agissait d'un mensonge, mais il n'en saisit pas les motivations. Pourquoi un maître l'avait-il attaqué ? Pourquoi un simple étudiant risquait-il ses foudres pour le défendre ?

— Ne dérangeons plus le maître, reprit Masoj, espérant détourner l'attention de Drizzt. Allons à la salle d'entraînement. Je t'en dirai plus sur Guenhwyvar, mon familier.

Sitôt qu'ils furent sortis, Masoj reprit sa figurine et fit réapparaître la panthère, soulagé que Drizzt ne mentionne plus l'incident.

Le jeune elfe n'avait jamais vu d'objet magique si puissant. La force et la dignité du grand félin démentaient son apparente sauvagerie. Sa musculature élégante et la grâce de ses mouvements étaient la quintessence des qualités de chasseur qu'admiraient les elfes noirs. En observant la bête, se dit Drizzt, il améliorerait ses propres techniques de combat.

Masoj laissa l'elfe et la panthère jouer pendant des heures, heureux que Guenhwyvar rattrape l'impair de cet idiot d'Alton.

Drizzt n'y pensait déjà plus.

*
* *

— Qu'aurais-je à gagner en rapportant à Matrone SiNafay tes idioties ? dit Masoj au sorcier. Elle te tuerait, sans doute, et la guerre contre Do'Urden n'aurait plus de prétexte. Tu es nécessaire pour justifier notre agression. Cela va te sauver la vie.

— J'ai été stupide, admit Alton. Mon geste n'était pas prémédité ; je voulais le rencontrer, l'étudier. Mais voir devant moi un maudit Do'Urden sans défense... !

— Je comprends, répondit Masoj, sincère. J'ai eu les mêmes impulsions que toi.

— Tu n'as aucun grief contre Do'Urden.

— Pas contre le clan, expliqua Masoj, mais contre celui-là ! Je l'observe depuis une décennie...

— Tu n'aimes pas ce que tu vois ? interrogea Alton, plein d'espoir.

— Il n'a pas sa place parmi nous. Après six mois à ses côtés, je le connais moins que jamais. Il n'a pas d'ambition, alors qu'il est arrivé premier de la Grande Mêlée neuf années consécutives. C'est sans précédent ! Sa compréhension de la magie est solide ; il aurait pu faire un très puissant sorcier. (Masoj chercha ses mots, les poings serrés :) Tout lui est facile ! Les choses ne lui coûtent rien.

— Il est doué, corrigea Alton, mais il s'entraîne aussi dur que les autres.

— Ce n'est pas le problème, bougonna Masoj. C'est un guerrier sans égal, mais il a gardé son honneur et sa fierté ! Tous, nous avons dû y renoncer pour entrer à l'Académie. Voilà pourquoi je le hais.

— Ta tutelle est terminée, dit Alton. Il va à Arach-Tinilith pour ses six derniers mois d'études. Il sera inaccessible.

— Nous serons diplômés tous les deux dans six mois ! Je ferai mon apprentissage avec lui, dans les patrouilles.

— Des dizaines d'étudiants seront diplômés dans six mois, lui rappela Alton, et des douzaines de patrouilles arpenteront les abords de Menzoberranzan. Il se peut que tu ne le voies plus pendant des années.

— J'ai fait en sorte que nous servions dans la même patrouille, répliqua Masoj, sortant de sa poche sa belle figurine d'onyx. C'est lui qui va le demander. Il est fou de mon familier...

— Fou ? Prends garde à ton dos, Masoj. Il pourrait lui venir l'idée d'y planter ses lames.

— C'est lui qui ferait bien de surveiller le sien... Ma panthère aime la chair fraîche !

CHAPITRE XVI

SACRILÈGE

— Mon dernier jour, soupira Drizzt en revêtant sa toge de cérémonie.

Les six derniers mois avaient été les plus éprouvants. Jour après jour, on leur avait fait subir d'interminables sermons sur la Reine Araignée, grande bienfaitrice de ses loyaux serviteurs.

« Esclaves » eût été un terme plus approprié ; en nulle occasion il n'avait été question d'amour. Le peuple idolâtrait Lloth ; les femmes se dévouaient à elle pendant leur vie entière. Cette dévotion masquait un égoïsme total : les grandes prêtresses briguaient seulement le pouvoir.

Tout cela écœurait Drizzt.

Il avait subi ce dernier stage avec son stoïcisme coutumier, la tête baissée, les dents serrées. Ce dernier jour allait voir la Cérémonie des Diplômes, un événement au cours duquel, Vierna l'avait promis, il comprendrait la véritable gloire de Lloth.

Dubitatif, il quitta sa chambre à petits pas. Jusqu'à présent, tout lui avait paru dépourvu de bon sens. Allait-il voir le monde avec des yeux neufs ? C'était peu probable.

Il pénétra dans le cercle de la grande salle d'Arach-Tinilith. Le brasero central, comme toujours, avait la forme d'une araignée. Autour étaient assises en cercle la Maîtresse Matrone et ses douze prêtresses ; Drizzt et les guerriers formaient un second cercle.

— *Ma ku* ! ordonna la Maîtresse Matrone, et l'on n'entendit plus que le crépitement des flammes.

La première étudiante entra, la plus douée à ce qu'on disait. Elle alla se placer face au brasero, entièrement nue, le dos tourné à la Maîtresse Matrone.

Drizzt se mordit les lèvres, émoustillé de voir pour la première fois une jeune femme ainsi mise en valeur. Un coup d'œil autour de lui confirma qu'il n'était pas le seul à éprouver de telles sensations.

— *Bae-go si'n'ee calamay*, chuchota la Maîtresse Matrone.

Des volutes carmins s'élevèrent du brasero. A les inhaler, Drizzt crut s'envoler.

Les flammes bondirent, aveuglantes ; les prêtresses entonnèrent un chant aux accents inconnus. Drizzt se sentit emporté par un maelström de sensations enivrantes.

— *Glabrezu*, gémit la Matrone, fouet en main.

Elle invoquait un démon des plans inférieurs.

Autour de Drizzt, les étudiants marmonnaient, perdus dans leurs délires.

Ses jambes, qui ne lui avaient pourtant jamais paru si sensibles et si vivantes, le portaient à peine. Il entendit l'elfe nue répéter l'invocation, les bras en croix.

Les flammes bondirent plus haut avant d'adopter une forme : une tête géante de chien à cornes de chèvre, scrutant avec intérêt la téméraire qui avait osé l'appeler.

Le démon émergea des flammes ; sa puissance brute était presque palpable. Le *glabrezu*, haut de trois mètres, était doté de pinces en guise de mains, et muni de deux paires de bras, dont une, normale, au milieu de la poitrine.

Ses instincts auraient poussé Drizzt à attaquer le monstre pour sauver la femme. Mais tous étaient en transe, attendant avidement la suite. Il ne bougea pas.

Une main frôla ses jambes.

Il baissa les yeux sur la prêtresse allongée qui l'invitait à s'unir à elle - une scène qui se répétait dans toute la salle.

Drizzt passa une main dans son épaisse chevelure, cherchant à reprendre ses esprits. Il n'aimait pas perdre le contrôle de ses réactions ; ce brouillard le privait de sa vigilance.

Ce qui se déroulait sous ses yeux lui plaisait encore moins. Cette perversion s'attaquait à son âme ; il se dégagea, trébuchant sur de nombreux couples enlacés avant de gagner la sortie.

Seuls les cris de l'étudiante lui parvinrent encore, une fois la porte refermée. Nul mur, nulle barrière mentale n'aurait pu les assourdir.

Drizzt s'appuya contre une cloison ; il n'avait pas réfléchi un instant avant de fuir. Quelle punition l'attendait ?

Vierna apparut à son côté, la robe entrouverte. Dérouté, il constata qu'elle n'avait pas l'air en colère.

— Tu préfères l'intimité, dit-elle. Je comprends.

— Quelle est cette insanité ? gronda-t-il.

Elle grimaça de colère :

— Tu viens d'insulter une grande prêtresse en refusant son corps ! Elle aurait pu te tuer sur-le-champ !

— Je ne la connais pas ! Dois-je...

— Tu dois obéir aux ordres !

— Je n'ai aucun sentiment pour elle.

— T'imagines-tu que Zaknafein a le moindre sentiment pour Matrone Malice ? souffla Vierna, sachant que cette référence à son héros ne manquerait pas de le blesser. Reviens, reprit-elle, adoucie. Il est encore temps.

Le regard de son frère l'arrêta aussi sûrement qu'une lame.

— La Reine Araignée est notre déesse, lui rappela-t-elle. Je suis l'une de ses porte-parole.

— Je n'en serais pas fier, à ta place !

— Retourne à la cérémonie !

— Va embrasser une araignée mâle, et que ses pinces t'arrachent la langue !

— Tu devrais surveiller tes propos, second fils !

— Damnée soit ta Reine Araignée ! cracha Drizzt. Elle aurait dû l'être il y a une éternité !

— Elle nous confère le pouvoir !

— Elle nous prive de tout ce qui nous rend dignes de la poussière que foulent nos pieds !

— Sacrilège !

Un hurlement d'extase retentit dans la salle.

— Une union avec le démon ! cria-t-il.

— Oui, et alors ?

— As-tu vécu semblable expérience ?

— Je suis une grande prêtresse.

— Et ça t'a plu ? cracha-t-il.

— Ça m'a apporté le pouvoir. Tu ne peux en apprécier la valeur.

— Mais qu'est-ce que ça t'a coûté ?

Une gifle retentissante manqua lui faire perdre l'équilibre.

— Viens avec moi, cracha-t-elle, l'empoignant par le col de sa tunique, il y a un endroit que je voudrais te montrer.

Il la suivit dans les rues sinueuses de la ville, n'osant la presser de questions. Ils se dirigèrent en direction de l'est, vers trois tunnels gardés par des scorpions géants. Après une brève hésitation, Vierna emprunta le plus petit.

Une heure passa, et ils marchaient toujours. Le passage s'élargit pour déboucher sur des catacombes où se croisaient quantité de tunnels.

Ils se retrouvèrent sur une corniche, un gouffre ouvert à leurs pieds. Vierna se concentra, dit quelques mots puis tapota son front et celui de son frère.

Ils lévitèrent au-dessus de l'abîme.

— Ne crains rien, mima sa sœur. Un bouclier d'invisibilité nous protège. Ils ne nous voient pas.

Alors, il aperçut la misérable chose. Jusqu'à la taille, elle pouvait passer pour un elfe blême et boursouflé. Mais la partie inférieure de son corps rappelait l'enveloppe d'une araignée. Arc en main, la créature cherchait du regard les audacieux venus la déranger dans son repaire.

Le dégoût de son frère plut à Vierna.

— Contemple-la bien, intima-t-elle à Drizzt. Regarde quel sort échoit à ceux qui ont offensé la Reine Araignée.

— Qu'est-ce donc ? mima Drizzt.

— Un Dridder, murmura sa sœur à son oreille. Lloth n'est pas une déesse compatissante. Il vaut mieux ne pas lui déplaire...

Fasciné, il observait le monstre. Difforme, asexuée, cette créature devait se vouer plus de haine encore qu'au monde extérieur.

Vierna se plaqua contre la roche ; soudain Drizzt comprit ses intentions.

— Mais *je* suis clémente. Adieu, petit frère, cette manière de mourir vaut mieux que certains tourments...

Au même instant, une flèche empoisonnée lui transperça la jambe. Il parvint à dévier de sa lame un second tir de la créature. Têtu, il brisa la flèche en deux, et se concentra. Il *devait* s'éloigner à tout prix de l'abîme.

Se tournant, il se trouva nez à nez avec un second Dridder. Une hache passa à un doigt de son épaule. Une autre bloqua sa riposte. Calme, maître de lui, Drizzt était sûr de vaincre... Jusqu'à ce qu'une flèche s'enfonce dans son dos. Il tomba, plié en deux. Mais il réussit à porter une estocade meurtrière à l'abdomen bulbeux du Dridder venu l'achever.

Le monstre mourut dans un déluge de fluides visqueux. Drizzt, paralysé par le poison, n'avait plus beaucoup d'espoir. Il combattit l'engourdissement ; il lutterait jusqu'au bout. Ses paupières devinrent lourdes...

On le tira brutalement contre la paroi ; il distingua le visage de sa sœur.

— Il vit encore, dit une voix. Il faut le ramener et panser ses blessures.

— J'ai cru que ce serait mieux ainsi..., s'excusa Vierna.

— On ne peut pas se permettre de le perdre, déclara une voix glaciale.

— Malice, murmura Drizzt. Mère.

Elle le gifla à toute volée.

— *Matrone* Malice ! cria-t-elle, son visage à trois centimètres du sien. Ne l'oublie jamais !

Il soupira.

—Tu dois tenir ton rang ! tonna-t-elle, répétant l'ordre qui avait poursuivi Drizzt toute son enfance et toute son adolescence. Ecoute-moi : Vierna t'a conduit dans cet endroit pour que tu y meures. Elle a fait preuve de *compassion*. (Elle décocha un regard déçu à sa fille.) Je comprends mieux qu'elle les volontés de la Reine Araignée. Si tu persistes dans tes blasphèmes, je te traînerai ici en personne ! Mais pas pour te tuer, ce serait trop facile. (Elle le força à regarder les restes grotesques du Dridder qui venait de s'abattre.) Tu reviendras pour devenir un Dridder !

QUATRIÈME PARTIE

GUENHWYVAR

Quels yeux voient le chagrin
Tapi au profond de mon âme ?
Qui connaît le secret
De mon coeur perclus de solitude ?
Qui partage mes passions
Et comprend mes incertitudes ?

Toi, oui toi, très cher compagnon,
Montagne de force et de muscles,
Animal archaïque aux griffes acérées
Et à la démarche silencieuse,
Toi qui tues quand il faut
Et seulement pour survivre...

Ô mon miroir, ma némésis,
Reflet serti dans une lumière noire,
Si ton mufle pouvait remplacer le mien
Et si ton coeur, dans ma poitrine,
Pouvait battre une marche
Sauvage, impétueuse, triomphante !

Que ton esprit est puissant,
Que ton honneur est remarquable,
Fier Guenhwyvar !
N'y renonce jamais,
Ami plus que précieux,
Et reste à mon côté.

Drizzt Do'Urden.

CHAPITRE XVII

RETOUR AU FOYER

Drizzt reçut son diplôme avec les félicitations de tous les maîtres. Matrone Malice avait dû glisser un mot à qui de droit. A moins, comme Drizzt le soupçonnait, que personne ne se fût aperçu de sa fuite sacrilège.

Il était de retour chez lui, pour autant que cela signifie quelque chose. Matrone Malice l'attendait.

Briza l'accueillit la première.

Pour lui, la Maison ne serait plus jamais un foyer ; trop de choses l'en séparaient.

Maya les rejoignit dans le couloir de la salle d'audience.

— Salutations, prince, dit-elle. Nous avons entendu parler de tes exploits à Melee-Magthere. Ces prouesses font honneur à notre clan. (Elle ne put retenir un gloussement.) Je suis heureuse que tu n'aies pas fini comme pâtée pour Dridders !

Le regard glacial de Drizzt lui ôta l'envie de rire.

Maya et Briza échangèrent des regards soucieux, portant la main à leurs fouets. Jusqu'où irait la folie de leur dangereux petit frère ? A leur grand dam, elles n'en savaient trop rien.

Drizzt faisait désormais très attention. Il savait à quoi s'en tenir avec sa mère, et avait appris ce qu'il fallait faire pour l'apaiser. Un autre membre de sa famille éveillait en lui confusion et courroux : Zak, qui prétendait être meilleur que les autres.

Ses deux sœurs, le tirant de sa rêverie, lui reprochèrent sa conduite lors de la cérémonie, qui avait manqué jeter l'opprobre sur leur clan. Il les rassura :

— J'ai appris à tenir mon rang. Pardonnez-moi, mes sœurs, et apprenez que la vérité me dessille rapidement les yeux. Jamais plus je ne décevrai *pareillement* la Maison Do'Urden. Quand à Lloth, elle n'aura plus à se plaindre de moi...

Enchantées de cette déclaration, les deux sœurs ne prirent pas garde à son ambiguïté. Ne voulant pas jouer avec le feu plus que de raison, Drizzt s'éclipsa.

*
* *

Tapi dans l'ombre, Zak avait observé son ancien élève, et recensé les indices de son évolution au terme d'une décennie de corruption à l'Académie.

Envolé le sourire du jeune homme. Envolé l'air d'innocence qui l'avait distingué des autres.

Zak avait entendu des bribes de sa conversation avec ses sœurs, et relevé son empressement à satisfaire la déesse Lloth. Il se morigéna de n'avoir pas su, par lâcheté, sauver son fils.

C'eût été le seul acte qui aurait racheté sa misérable existence...

Son épée - la seule amie qu'il eût jamais connue - tomba sur le sol avec un cliquetis métallique ; il se prit la tête entre les mains.

*
* *

Drizzt passa le reste du jour dans la solitude de sa chambre. Malice l'avait renvoyé sans un mot. Il ne tenait pas à ce que ses sœurs devinent les intentions blasphématoires cachées derrière ses réponses convenues. Plus que tout, il refusait de revoir Zaknafein, le mentor en qui il avait autrefois placé sa confiance.

Cela aussi n'avait été que mensonges.

*
* *

Le lendemain matin, Briza vint lui annoncer que Malice voulait le voir à la chapelle.

Il la suivit, pétri d'appréhension.

— Tu devrais te sentir plus à l'aise, le réprimanda Briza. C'est le lieu des plus hautes gloires de notre peuple.

Drizzt, tête baissée, garda le silence. Il s'abstint de *formuler* dans sa tête les cinglantes reparties qui lui seraient aisément venues à l'esprit.

Dans la chapelle attendaient Rizzen, Maya, Zaknafein, Dinin et Vierna.

Tous se mirent à genoux à l'entrée de Malice.

— Tu es surpris de la présence de Dinin et de Vierna, remarqua-t-elle, s'arrêtant devant Drizzt.

— Je pensais que leurs devoirs les retiendraient à l'Académie.

— Ce ne serait pas à notre avantage...

— N'est-ce pas une force pour une Maison que d'avoir des maîtresses et des maîtres en place à l'Académie ? osa-t-il demander.

— C'est exact. Mais cela morcelle le pouvoir d'une famille. Tu as entendu les rumeurs de guerre ?

— J'ai entendu certaines allusions à des problèmes. Rien de concret.

— Des allusions ? s'offusqua Malice, agacée de l'innocence de son fils. Les rumeurs disent vrai !

— Nous sommes le neuvième clan de la cité, intervint Dinin, et nous comptons quatre grandes prêtresses dans nos rangs, dont deux anciennes maîtresses d'Arach-Tinilith. Nous avons aussi deux anciens maîtres de Melee-Magthere ; Drizzt est sorti couvert de lauriers de l'Académie. Nos soldats sont quatre cents, et aguerris. Peu de Maisons pourraient se targuer d'une telle puissance.

— Où veux-tu en venir ? coupa Briza.

— Nous sommes la neuvième Maison, expliqua Dinin, mais peu de clans supérieurs pourraient nous vaincre...

— ... Et aucun inférieur, compléta Malice. Tu es intelligent, fils aîné. Je suis arrivée aux mêmes conclusions.

— Alors une grande Maison nous craint et désire notre disparition, conclut Vierna.

— C'est mon avis, approuva Malice. C'est une pratique inhabituelle, car les guerres sont en principe déclenchées par des Maisons inférieures qui aspirent à une meilleure place dans la hiérarchie.

— Voilà pourquoi il nous faut être prudents, souffla Briza.

Drizzt écoutait de toutes ses oreilles. Il cherchait à comprendre les enjeux. Zaknafein restait impassible. Que pensait le maître d'armes de tout ceci ? Se délectait-il à l'idée de verser à nouveau le sang d'autres elfes ? Son visage fermé ne trahissait pas le cours de ses pensées.

— Ce ne sont pas les Baenre, dit Briza. Nous ne sommes pas encore une menace pour eux !

— Espérons que tu aies raison, fit Malice. Il doit s'agir d'une Maison intermédiaire. Je n'ai aucun élément qui permette d'incriminer quelqu'un, alors autant nous préparer au pire. Voilà pourquoi j'ai rappelé Vierna et Dinin de l'Académie.

— Si nous découvrons qui complote contre nous, avança Drizzt, ne pourrions-nous en parler au Conseil ?

— A quelle fin ? railla Briza. Conspirer sans agir ne constitue pas un délit !

— Alors pourquoi ne pas recourir à la raison ? s'entêta le jeune elfe, malgré les regards dardés sur lui - tous furibonds sauf ceux de Zak. Si nous sommes les plus forts, persuadons l'ennemi d'abandonner ses projets. C'en sera fini de la menace.

Malice l'empoigna par le col de sa tunique et le souleva du sol.

— Je te pardonne l'ineptie de tes propos, gronda-t-elle, *pour cette fois* !

Elle le laissa retomber, méprisante. Tous le regardèrent comme s'il était idiot.

Une fois encore, Zak se distingua de la meute ; une main devant la bouche pour dissimuler son amusement, il se surprit à espérer que l'ancien Drizzt Do'Urden n'était pas tout à fait mort.

Malice fit volte-face, le regard étincelant de rage et d'excitation.

— Il n'est plus temps d'être timoré, mais de transformer nos rêves en réalité ! s'écria-t-elle. Nous sommes la Maison Do'Urden, Daermon N'a'shezbaernon, dont le pouvoir dépasse la compréhension des plus grands ! L'avantage est nôtre ! La neuvième Maison ? Dans peu de temps, sept clans seulement nous barreront encore la route.

— Et la patrouille ? demanda Briza. Devrions-nous laisser le second fils risquer ainsi sa vie ?

— La patrouille sera à notre avantage, expliqua la Matrone. Drizzt ira, et avec lui un membre d'au moins quatre Maisons supérieures.

— L'un d'eux pourrait l'assassiner, dit Briza.

— Non, assura Malice. Nos ennemis ne se trahiraient pas de la sorte - pas encore. L'assassin désigné aurait deux Do'Urden à abattre. Lloth nous a à nouveau comblés de ses faveurs : Dinin commandera cette patrouille. Fils aîné, tu ne frapperas personne sans mon ordre, *cette fois*.

Drizzt saisit l'allusion au défunt Nalfein. Sa mère savait ! Il porta la main à son visage pour masquer son angoisse.

— Tu es là pour apprendre, dit-elle à Dinin, et pour protéger ton frère. Ne réduis pas ton avantage à néant pour un vulgaire meurtre. (Un sourire maléfique se dessina sur ses lèvres.) Toutefois, si tu en apprenais plus sur notre ennemi...

— Et si l'occasion se présentait..., acheva Briza, devinant les intentions de sa mère.

Malice accorda à sa fille un hochement de tête approbateur. Briza ferait une merveilleuse Matrone, quand son heure viendrait.

Dinin sourit à son tour. Rien ne lui plaisait tant que de tuer.

— Allez, dit Malice. Souvenez-vous qu'on vous observe, qu'on guette l'occasion de vous poignarder.

Zak, comme toujours, sortit le premier de la chapelle, vif et alerte. L'innocence et la méconnaissance du « bien public » qu'affichait Drizzt lui plaisaient plus encore que la perspective de faire couler le sang.

Drizzt le regarda s'éloigner sans se douter de la complexité de ses pensées.

Malice lui lança un dernier avertissement :

— A toi, je dis ceci : tu sais quelle mission est la tienne. Je ne tolérerai pas d'échec ! (Drizzt rentra la tête dans les épaules.) Protège ton frère, ou je te jetterai en pâture à Lloth ! (Elle ne put résister au plaisir de lui mettre les points sur les « i » :) La vie de Dridder ne te plairait guère.

*
* *

Un éclair zébra les eaux dormantes d'un lac souterrain, frôlant les crânes des monstres aquatiques qui faisaient surface pour se mêler au combat. Des bruits de bataille résonnaient dans toute la caverne.

Drizzt acculait un monstre - un *collet*, comme on disait -, contre une petite corniche, lui coupant toute retraite. Un elfe seul ne pouvait tenir tête à ces êtres - mais Drizzt n'était pas un elfe ordinaire.

Un autre *collet* se faufila dans son dos.

Drizzt se concentra sur son premier adversaire, lacérant son torse vulnérable.

A la seconde où le deuxième fondait sur lui, toutes griffes dehors, il tomba à genoux et cria « Maintenant ! ».

La panthère dissimulée dans les ombres se jeta sur le dos du monstre, lui déchirant les chairs.

Drizzt acheva le *collet* et admira l'œuvre du grand félin, qui vint ensuite fourrer sa gueule sous sa main câline. Comme ils se comprenaient bien !

D'un coup de tonnerre magique, Masoj Hun'ett rappela son familier. Le sorcier se retint de lancer un éclair entre les omoplates du jeune elfe. Il sentait peser sur lui le regard de Dinin Do'Urden.

— Apprends la loyauté ! gronda Masoj à Guenhwyvar.

Trop souvent, la panthère le quittait pour se battre au côté de Drizzt, avec qui elle s'entendait bien. Masoj avait une conscience aiguë de sa propre vulnérabilité quand il lançait des sorts. Il avait besoin du félin pour le protéger.

Drizzt se débarrassa sans mal d'un troisième monstre ; Masoj le regarda faire, secouant la tête. Chaque jour, le jeune guerrier s'améliorait.

Pourrait-il le vaincre quand Matrone SiNafay en donnerait l'ordre ? Il en doutait déjà...

*
* *

Les combats avaient cessé autour du lac. La panthère avait réintégré son plan. Les esclaves, les gobelins et les orcs fouillaient la caverne à la recherche d'éventuels *collets* survivants.

Drizzt aimait la vie excitante des patrouilles, le frisson du danger, et la conviction d'utiliser ses talents à bon escient quand il massacrait des monstres.

Pourtant, il ne pouvait se défendre d'une profonde résignation. Dans le monde qui était le sien, il savait que ses cimeterres, tôt ou tard, mordraient la chair de ses semblables.

*
* *

Comme souvent, Zaknafein contemplait la ville depuis le balcon. Il oscillait entre l'envie de courir se battre au côté de son ancien élève, et le désir d'apprendre qu'il était mort. Trouverait-il jamais une réponse à son dilemme ? Il était reclus ; Matrone Malice le surveillait de près. Elle le savait inquiet à propos de Drizzt, et le désapprouvait. Sa relation avec Zak se limitait à quelques étreintes animales.

Le maître d'armes se remémora les conflits qui les avaient opposés, des siècles plus tôt, à propos d'une autre enfant : Vierna. Comme elle était une fille, son destin avait été décidé le jour de sa naissance ; il n'avait rien pu contre les diktats de la religion.

Malice craignait-elle qu'il ait plus d'influence sur un enfant mâle ? Sans doute, mais ses craintes n'étaient guère justifiées.

Son fils, depuis son retour, l'évitait comme la peste...

CHAPITRE XVIII

LA CHAMBRE NOIRE

— Mes salutations, Sans Visage, dit la grande prêtresse.

— Mes salutations, maîtresse Vierna, répondit Alton d'une voix qu'il espérait ferme. (Vierna Do'Urden, dans ses appartements, voilà qui n'avait rien d'une coïncidence.) Que me vaut l'honneur de recevoir une maîtresse d'Arach-Tinilith ?

— Je ne le suis plus. Je suis retournée dans mon clan. (Alton pesa l'information ; il savait que Dinin venait de démissionner de l'Académie.) Matrone Malice a rassemblé les siens. Il y a des signes avant-coureurs de guerre ; tu es au courant, j'imagine.

— Rien que des rumeurs, bredouilla Alton.

Il commençait à saisir les raisons de cette entrevue.

Ce n'était pas la première fois que la Maison Do'Urden s'adressait à lui. Jadis, le vrai Sans Visage avait été corrompu pour le tuer *lui*, Alton ! Avec les rumeurs qui couraient dans Menzoberranzan, Matrone Malice désirait sûrement réactiver son réseau d'espions et d'assassins.

— Des rumeurs ? Tu en as entendu ?

— Très peu. Pas assez pour les rapporter à ton clan. Je n'imaginais pas que la Maison Do'Urden soit impliquée, jusqu'à ce que tu en parles.

Vierna se détendit, apparemment apaisée par l'explication.

— Prête-leur davantage l'oreille, Sans Visage. Mon frère et moi avons quitté l'Académie ; tu seras nos yeux et nos oreilles.

— Mais, je...

— Nous savons que notre dernier marché n'a pas été concluant. (Elle exécuta une révérence, ce qu'une grande prêtresse faisait rarement devant un mâle.) Matrone Malice s'excuse que l'onguent qui te fut remis pour le meurtre d'Alton DeVir n'ait pas guéri ton visage.

Alton manqua s'étrangler au souvenir d'un pot d'onguent qu'un messager avait apporté quelque trente ans plus tôt. L'inconnu était donc un agent des Do'Urden ! Bien sûr, il n'avait jamais testé l'onguent. Avec sa chance, cela aurait marché et il aurait été fort marri de récupérer son visage.

— Cette fois, il n'y aura pas d'échec, poursuivit Vierna. Un bâton de sorcier ayant appartenu à Nalfein Do'Urden sera ta récompense si tu parviens à identifier nos ennemis.

— Je ferai de mon mieux, mentit Alton, maîtrisant ses nerfs.

— C'est ce que Matrone Malice attend de toi, dit-elle.

Elle partit, sûre que la Maison Do'Urden venait de s'offrir les services d'un espion au sein de l'Académie.

*
* *

— Dinin et Vierna Do'Urden ont démissionné, rapporta plus tard Alton à la Mère Matrone.

— Je le sais, répliqua SiNafay Hun'ett.

— Il y a plus, s'empressa d'ajouter l'espion. Maîtresse Vierna Do'Urden m'a rendu visite !

— Elle a des soupçons ?

— Non, non, tout au contraire ! La Maison Do'Urden voudrait m'utiliser comme taupe, comme le vrai Sans Visage, qui devait assassiner Alton DeVir !

Etonnée, SiNafay réfléchit, puis partit d'un grand rire :

— Ah, l'ironie de nos existences !

— Ils flairent quelque chose, déclara Alton.

— En effet. Masoj patrouille avec Drizzt, mais Dinin est aussi dans le groupe.

— Masoj est en danger.

— Non. Les Do'Urden ignorent l'identité de leur ennemi, sinon ils ne chercheraient pas d'informations. Matrone Malice connaît ton identité. (Elle rit à son expression de terreur.) Pas ta véritable identité, bien sûr ! Pour elle, Sans Visage est Gelroos Hun'ett ; elle n'aurait pas contacté un Hun'ett si elle avait eu le moindre soupçon.

— Voilà une excellente occasion de plonger la Maison Do'Urden dans le chaos ! s'écria Alton. Si je compromets un autre clan, comme les Baenre, notre position sera renforcée. (Il gloussa.) Malice me récompensera avec un bâton doté de grand pouvoir - une arme que je retournerai contre elle à la première occasion !

— *Matrone* Malice, rectifia SiNafay. Crois-tu vraiment pouvoir donner le change ? Tu vas devoir affronter une ennemie formidable. Si elle perce à jour tes mensonges, sais-tu ce qu'elle fera de ton corps ?

Alton déglutit.

— Je suis résolu à prendre ce risque.

— Et pour la Maison Hun'ett, quel avantage que Matrone Malice apprenne la véritable identité de Sans Visage ?

— Je comprends, répondit Alton, incapable de

s'opposer à la logique de SiNafay. Alors ? Que suis-je censé faire ?

— Tu vas démissionner de ton poste, dit-elle au bout d'un moment. Et retourner à la Maison Hun'ett, sous ma protection.

— Un acte qui pourrait aussi éveiller les soupçons de Matrone Malice, fit Alton.

— Peut-être, mais c'est plus sûr, répondit la Matrone. J'irai trouver Matrone Malice en simulant la colère, pour lui signifier de laisser notre clan en dehors de ces histoires. Si elle désire un informateur parmi les nôtres, elle pourrait m'en demander la permission... mais cette fois, je ne la lui accorderai pas ! (SiNafay sourit en songeant à l'entrevue surréaliste qu'elle aurait bientôt avec Malice.) Ma colère suffirait à monter une Maison supérieure contre les Do'Urden. Matrone Malice aura de quoi méditer, et de quoi s'inquiéter !

Alton n'entendit pas ses derniers commentaires. Son allusion à une autorisation refusée « cette fois» lui avait rappelé de désagréables souvenirs.

— Matrone Malice est-elle venue te voir ? osa-t-il demander. Il y a trente ans, as-tu donné ton accord pour que Gelroos Hun'ett parachève l'extermination de la Maison DeVir ?

Un grand sourire apparut puis disparut des lèvres de SiNafay ; la table vola dans les airs et elle empoigna Alton par sa toge, le tirant à quelques centimètres de son visage violacé :

— Ne mélange jamais sentiments personnels et politique ! Et ne me pose plus semblable question !

Elle le lâcha sans ménagement.

Alton savait depuis toujours qu'il n'était qu'un pion dans la guerre entre les deux clans, nécessaire pour mener à bien la perfide offensive de Matrone SiNafay. Parfois, ses griefs personnels l'amenaient à oublier un instant son humble condition.

*
* *

A l'autre bout de le Champignonnière, près de la paroi sud de Menzoberranzan, se trouvait une petite grotte sévèrement gardée. Au-delà du portail en fer forgé, une unique chambre était réservée aux réunions des huit Matrones qui dirigeaient la cité.

L'air était saturé par les senteurs douceâtres de l'encens prisé par les Matrones. Après un demi-siècle passé à déchiffrer des parchemins à la lumière des chandelles de Sorcere, l'éclat des torches ne gênait pas Alton, mais il se sentait mal à l'aise, assis à la table en forme d'araignée. Toutes les Mères Matrones étaient autour de lui, vêtues de riches robes et couvertes de diamants.

Pontifiantes et maléfiques, elles foudroyaient le mâle du regard. SiNafay posa une main sur le genou d'Alton et lui décocha un clin d'œil. Elle n'aurait pas demandé que le Conseil se réunisse si elle n'avait été certaine de la valeur de ses informations. Les Matrones considéraient leur Conseil comme purement honorifique et n'appréciaient pas de se réunir, sauf en temps de crise.

En tête de table trônait Matrone Baenre, la femme la plus puissante de la ville souterraine.

— Nous voici réunies, SiNafay, commença Baenre. Pour quelle raison as-tu convoqué le Conseil ?

— Pour discuter d'un châtiment.

— D'un châtiment ? répéta Baenre, surprise.

Les dernières années avaient été d'un calme inhabituel dans la cité drow. Pas d'incident depuis le conflit entre Teken'duis et Freth. A la connaissance de Baenre, aucun acte criminel n'avait été perpétré, et certainement pas de nature à motiver une session du Conseil doublée d'une action judiciaire.

— De qui est-il question ?

— D'une Maison, expliqua Matrone SiNafay. Daermon N'a'shezbaernon, la Maison Do'Urden.

Des cris d'étonnements ponctuèrent sa déclaration, comme elle s'y était attendue.

— La Maison Do'Urden ? s'enquit Baenre, surprise que quelqu'un ose l'incriminer.

Pour autant qu'elle le sache, Matrone Malice gardait les faveurs de la déesse Lloth, et la Maison Do'Urden avait récemment placé deux instructeurs à l'Académie.

— De quel crime accuses-tu la Maison Do'Urden ? demanda une Matrone.

— Est-ce la peur qui motive tes paroles ? hasarda Baenre.

Plusieurs familles de la caste supérieure avaient exprimé des inquiétudes à propos de la Maison Do'Urden. Il était notoire que Malice briguait un siège au Conseil ; à en juger par la puissance de son clan, elle semblait appelée à parvenir à ses fins.

— J'ai de bonnes raisons, insista SiNafay.

— Les autres semblent en douter, dit Matrone Baenre. Tu devrais étayer tes accusations - et vite, si tu tiens à ton prestige :

L'enjeu était crucial à Menzoberranzan, la calomnie était un crime pire que le meurtre.

— Nous nous souvenons tous de la chute de la Maison DeVir, commença SiNafay. Sept d'entre nous, attablées ici même, siégeaient aux côtés de Matrone Ginafae.

— La Maison DeVir n'est plus, lui rappela Baenre.

— A cause de la Maison Do'Urden ! affirma SiNafay.

Cette fois, la colère remplaça la surprise.

— Comment oses-tu prononcer de telles paroles ? demanda une Matrone.

— Trente ans ! dit une autre. Tout cela n'a plus d'importance !

Matrone Baenre rétablit le calme avant que la clameur dégénère en rixe - ce qui s'était déjà vu lors de certaines sessions.

— SiNafay, dit-elle, on ne peut accuser si longtemps après les faits ! Tu le sais très bien. Si la Maison Do'Urden a commis ces actes, comme tu le soutiens, elle mérite nos félicitations, et non nos foudres, pour la perfection de son crime. La Maison DeVir n'est plus. J'ai dit ! Elle n'existe pas !

Alton s'agita, pris entre rage et désespoir. SiNafay ne semblait nullement démontée ; tout se déroulait comme elle l'avait prévu.

— Oh mais si ! répliqua-t-elle, bondissant sur ses pieds. (Elle rabattit le capuchon du sorcier.) Et lui ?

— Gelroos ? fit Baenre.

— Non ! Gelroos Hun'ett est mort la nuit où la Maison DeVir fut exterminée. Ce mâle, Alton DeVir, a adopté l'identité et le rang de Gelroos pour sauver sa vie !

Baenre murmura des instructions à sa voisine de droite, qui psalmodia un sortilège. Puis elle se tourna vers Alton.

— Ton nom, ordonna-t-elle.

— Je suis Alton DeVir, dit-il, regagnant force et courage, fils de Matrone Ginafae, étudiant à Sorcere la nuit de l'attaque.

Baenre se tourna vers sa voisine.

— Il dit la vérité, assura cette dernière.

— Voilà pourquoi j'ai demandé une réunion du Conseil, expliqua SiNafay.

— Très bien, reprit Baenre. Mes compliments à toi, Alton DeVir, pour ton ingéniosité et ta capacité de survivre. Pour un mâle, tu as fait preuve de beaucoup de courage et de sagesse. Vous savez sûrement tous deux que le Conseil ne peut châtier une Maison pour un acte perpétré il y a si longtemps. Pourquoi le désirerions-nous ? Matrone Malicè Do'Urden a les faveurs de la Reine Araignée ; son clan est très prometteur. Si vous voulez que nous agissions contre les Do'Urden, il faut nous prouver qu'une telle mesure s'impose.

— Je ne désire rien de tel, répondit SiNafay. Cette affaire est enterrée ; elle n'est plus du ressort du Conseil. La Maison Do'Urden est vraiment très prometteuse, mes sœurs, avec quatre grandes prêtresses en son sein et bien d'autres atouts, dont le moindre n'est pas le second fils, Drizzt, major de sa promotion.

Elle mentionnait Drizzt à dessein, sachant que Baenre en serait blessée. Son propre fils, Berg'inyon, n'avait-il pas passé neuf années dans l'ombre du jeune Do'Urden ?

— Pourquoi nous avoir dérangées alors ? s'insurgea Matrone Baenre.

— Pour vous demander de fermer les yeux, susurra SiNafay. Alton est un Hun'ett à présent, il est sous ma protection. Il exige vengeance, et, dernier survivant de son clan, il a le droit d'accuser.

— La Maison Hun'ett se tiendra à ses côtés ? interrogea Matrone Baenre, intriguée et amusée.

— En effet, répondit SiNafay. C'est notre obligation !

— Obligation ? railla une autre Matrone, également plus amusée que courroucée. Ou intérêt ? Il semble que la Matrone de la Maison Hun'ett utilise le DeVir à ses propres fins. La Maison Do'Urden aspire à un meilleur rang et Matrone Malice désire siéger au Conseil. Une menace pour la maison Hun'ett, peut-être ?

— Qu'il s'agisse de vengeance ou de prudence, ma demande - la demande d'Alton - doit être honorée. C'est notre intérêt à toutes. (Elle regarda Baenre dans les yeux.) Et l'intérêt de nos fils, surtout.

— En effet, répondit Matrone Baenre.

Une guerre entre Hun'ett et Do'Urden profiterait à toutes, mais pas comme se l'imaginait SiNafay. Malice était une femme remarquable, et son clan méritait une meilleure place. Si les choses en arrivaient là, elle obtiendrait probablement son siège - en éliminant SiNafay.

A voir leurs expressions, les autres Matrones pensaient de même. Que Hun'ett et Do'Urden règlent l'affaire les armes à la main ; quelle que soit l'issue, Malice ne serait plus un danger. Et si Drizzt périssait, un certain jeune homme obtiendrait enfin la gloire qu'il méritait.

La première Matrone exprima le consentement tacite du Conseil :

— L'affaire est entendue, mes sœurs. N'oubliez pas : ce Conseil n'a jamais eu lieu.

CHAPITRE XIX

PROMESSES DE GLOIRE

— As-tu flairé une piste ? murmura Drizzt.
Il assena une petite tape sur le flanc de Guenhwyvar ; au relâchement de sa musculature, il sut qu'aucun danger ne les menaçait.

— Disparus, conclut Drizzt, le regard perdu dans un corridor. « Méchants gnomes », a dit mon frère quand nous avons repéré leurs traces près de l'étang. Méchants et stupides. (Il remit son cimeterre au fourreau, et s'agenouilla près de l'animal, un bras posé sur son dos.) Ils sont assez *malins* pour échapper à nos recherches.

Le félin redressa la tête comme s'il comprenait ; Drizzt lui donna une rude caresse. Guenhwyvar était le meilleur des amis. L'elfe revivait encore sa joie d'une semaine plus tôt, quand Dinin avait décrété - au grand dam de Masoj Hun'ett -, que Guenhwyvar serait à l'avant-garde, au côté de Drizzt.

« - Le félin m'appartient ! » avait protesté Masoj.

« - *Tu* m'appartiens ! » avait rétorqué Dinin, coupant court à toute récrimination.

Au vu des traces inhabituelles de chaleur sur les

parois, ils étaient loin de leur zone d'opération habituelle. A dessein, Drizzt avait pris beaucoup d'avance : il pouvait se détendre en attendant que les autres le rattrapent. Il avait aussi le répit nécessaire pour analyser ses émotions. Impartial, et toujours approbateur, le félin était pour l'elfe tourmenté un public rêvé.

— Je me demande si le jeu en vaut la chandelle. Je ne doute pas de la valeur de ces patrouilles - cette semaine, nous avons vaincu une douzaine de monstres dangereux. Mais à quoi bon ?

Il plongea dans les yeux de l'animal et y lut de la compréhension ; d'une certaine façon, Guenhwyvar comprenait son désarroi.

— J'ignore qui je suis. Ou ce qu'est mon peuple. Chaque indice m'ouvre des chemins que je n'ose pas emprunter, et me propose des conclusions inacceptables.

— Tu es drow, dit une voix.

C'était Dinin, à quelques pas derrière lui, l'air très grave.

— Les gnomes ont fui, déclara Drizzt, essayant de faire oublier à son frère ce qu'il venait de surprendre.

— N'as-tu pas appris ce que cela signifiait, *être drow* ? N'as-tu pas compris notre Histoire et les promesses de notre futur ?

— Tout ce que je sais, je l'ai appris à l'Académie. C'était l'objet de nos premières leçons. Je sais tout de l'Histoire, mais rien de l'avenir.

— Tu connais nos ennemis, cela devrait suffire...

— Nous avons d'innombrables ennemis, soupira Drizzt. Ils fourmillent dans les trous d'Ombre-Terre, guettant nos moindres faiblesses. Nous ne baisserons jamais notre garde. Nous vaincrons un jour.

— Nos *véritables* ennemis ne vivent pas dans les ténèbres de ce monde, corrigea Dinin avec un sourire rusé. Leur univers est étrange et maléfique.

Drizzt savait ce qu'il voulait dire.

— Les féeriques, murmura-t-il.

Ce mot souleva en lui un tourbillon d'émotions. Toute sa vie, on lui avait parlé des mauvais cousins qui les avaient forcés à chercher refuge dans les entrailles du monde. Absorbé par ses tâches routinières, Drizzt n'y pensait pas souvent, mais quand d'aventure leur existence lui revenait à l'esprit, il prononçait leur nom comme s'ils incarnaient tout ce qu'il haïssait. S'il imputait aux elfes de la surface - à l'instar de tous ses compatriotes - les injustices de la société drow, il pouvait garder espoir. Intellectuellement, il savait que ces légendes exaltantes étaient un mensonge de plus. Au profond de son âme, il s'y accrochait désespérément.

— Les féeriques, répéta-t-il, dont nous ne savons rien, mais que nous rêvons d'exterminer...

— Nous savons ce qu'il faut. Ils sont d'une vilenie inimaginable, ils nous ont bannis il y a une éternité, ils ont forcé...

— Je connais la chanson, coupa Drizzt. Si la patrouille est terminée, allons retrouver les autres. Cet endroit est trop dangereux pour de telles discussions.

— Pas si dangereux que le lieu où je te mènerai bientôt, répondit Dinin.

Intrigué, Drizzt leva un sourcil.

— Je croyais que tu t'en doutais, plaisanta Dinin. Notre patrouille, la meilleure, a été sélectionnée. Tu as joué un rôle de premier plan pour nous obtenir cet honneur.

— Sélectionnée pour quoi ?

— Dans une quinzaine, nous quitterons Menzoberranzan.

— Pendant combien de temps ? demanda Drizzt, soudain curieux.

— Deux semaines, peut-être trois, répondit Dinin. Mais cela vaudra la peine. Nous allons frapper nos ennemis les plus honnis, pour la plus grande gloire de la Reine Araignée ! Les elfes blancs ! exulta-t-il.

Nous avons été choisis pour effectuer un raid à la surface.

*
* *

— La surface, songea Alton à voix haute. Ma sœur y est allée une fois - pour un raid. Une extraordinaire expérience, à ses dires. (Il ne sut comment interpréter l'expression mélancolique du jeune Hun'ett.) Ta patrouille va s'y rendre. Je t'envie.

— Je n'y vais pas, déclara Masoj.

— Pourquoi ? C'est une occasion rare. Menzoberranzan, au grand dam de Lloth, j'en suis sûr, n'y a plus effectué de raid depuis deux décennies. Vingt années de plus risquent de s'écouler avant qu'un autre soit organisé ; tu ne feras plus partie des patrouilles à ce moment-là.

Masoj tourna la tête vers la petite croisée des appartements d'Alton, dans la Maison Hun'ett.

— De plus, poursuivit Alton, là-haut, loin des regards, tu aurais peut-être l'occasion de te débarrasser d'un ou deux Do'Urden. Pourquoi n'irais-tu pas ?

— As-tu oublié une des règles que tu as contribué à édicter ? l'accusa Masoj. Il y a vingt ans, les maîtres de Sorcere ont décrété qu'aucun sorcier ne devrait se rendre à la surface !

— Bien sûr, répondit Alton. (Sorcere lui paraissait bien loin, même s'il était arrivé dans le complexe des Hun'ett depuis quelques semaines seulement.) Nous avions abouti à l'idée que la magie agirait de façon imprévisible à la lumière du jour. Lors du dernier raid, il y a vingt ans...

— Je connais l'histoire, grommela Masoj ; la boule de feu d'un sorcier atteignit des proportions gigantesques et fit plusieurs victimes. Des effets secondaires dangereux, selon vous... Moi, j'ai dans l'idée que le sorcier s'est débarrassé de quelque ennemi...

— C'est ce que prétendent les rumeurs. En l'absence de preuve... (Il n'acheva pas sa phrase, voyant que la discussion ne réconfortait guère Masoj.) C'est une vieille histoire... N'as-tu aucun recours ?

— Aucun. Les choses sont figées à Menzoberranzan ; je doute que les maîtres aient seulement commencé leur enquête sur cette affaire.

— Dommage, dit Alton. C'eût été une occasion parfaite.

— N'en parlons plus ! Matrone SiNafay ne m'a toujours pas donné l'ordre d'éliminer Drizzt Do'Urden ou son frère. On t'a averti de garder tes désirs de vengeance pour toi. Quand la Matrone m'ordonnera de frapper, je ne la décevrai pas. Les occasions, ça se provoque.

— Tu parles comme si tu savais déjà comment va mourir Drizzt Do'Urden.

Le visage de Masoj se fendit d'un sourire ; il retira d'une poche sa figurine d'onyx, contenant son esclave magique, à qui cet imbécile de Drizzt accordait une confiance aveugle.

— Oh, mais je le sais, dit-il. (D'une chiquenaude, il lança la figurine dans les airs pour la rattraper.) Je le sais.

*
* *

Les participants au raid comprirent vite qu'il ne s'agissait pas d'une mission ordinaire. Ils ne patrouillèrent pas durant la semaine précédant l'opération, mais restèrent barricadés dans la caserne de Melee-Magthere. A chaque instant, on leur répétait le minutage de la mission, et ils avaient journellement droit aux contes de maître Hatch'net sur les vils elfes blancs.

Drizzt tendait une oreille attentive ; il voulait tomber sous l'emprise hypnotique de Hatch'net. Il *fallait* que ces légendes soient vraies ; sinon à quoi se raccrocher ? Comment préserver ses principes si les elfes blancs n'avaient pas trahi les Drows ?

Dinin dirigeait les préparatifs tactiques. Il commenta les relevés topographiques des galeries que le groupe allait emprunter, et soumit les hommes à un interrogatoire serré jusqu'à ce qu'il soit convaincu que tous connaissaient la route sur le bout des doigts.

Tous - Drizzt excepté - contenaient mal leur enthousiasme. Quand les préparatifs entrèrent dans leur phase finale, Drizzt remarqua une absence. Il crut d'abord que Masoj apprenait son rôle à Sorcere. La date fatidique approchant, il comprit que le sorcier ne serait pas du voyage.

— Où est notre sorcier ? demanda-t-il à la fin d'une session.

Dinin lui décocha un regard noir.

— Il ne se joindra pas à nous, répondit-il, conscient que la nouvelle allait inquiéter les autres, une péripétie malvenue à ce point des opérations.

— Sorcere a décrété qu'aucun sorcier n'irait à la surface, expliqua maître Hatch'net. Masoj Hun'ett attendra notre retour en ville. C'est dommage, car il a maintes fois prouvé sa valeur. Mais ne craignez rien : une prêtresse d'Arach-Tinilith se joindra à nous.

— Mais..., commença Drizzt.

Dinin l'interrompit. Il devinait où voulait en venir son jeune frère :

— Le félin appartient à Masoj. Il restera ici.

— Et si je parlais à Masoj ? supplia Drizzt.

Dinin se renfrogna.

— A la surface, nous pourrons manoeuvrer, dit-il au groupe. Il y a là des distances aussi grandes que nos tunnels sont étroits. Une fois nos ennemis en vue, notre tâche sera de les encercler. (Il regarda son frère cadet.) Nous n'aurons nul besoin d'avant-garde. Dans un tel conflit, un félin serait plus un problème qu'un atout.

Drizzt dut se contenter de cette réponse. Discuter ne servait à rien. Il chassa sa mélancolie, et se força à écouter attentivement la harangue.

*
* *

Les deux derniers jours, l'agitation du jeune elfe augmenta. La nervosité rendait ses paumes moites en permanence, et son regard luisait étrangement.

C'était l'aventure dont il avait toujours rêvé, la réponse aux questions qu'il se posait sur son peuple. Là-haut, dans l'immensité d'un monde étranger, se terraient les elfes de la surface, ce peuple de cauchemar devenu l'ennemi des Drows et le ciment de leur société. Drizzt avait jusqu'ici combattu par nécessité, dans des arènes ou contre des monstres qui s'étaient aventurés trop près de la ville. Cette fois, il allait boire au hanap de la victoire, venger les siens avec éclat.

Cette fois, il savait qu'il en irait autrement. Ses estocades seraient motivées par de violentes émotions : l'honneur, le courage, la détermination à rendre à l'oppresseur la monnaie de sa pièce.

— *Cette fois*, murmura-t-il, s'émerveillant de la danse complexe de ses lames, qu'il maniait lentement, vous tuerez pour que justice soit faite.

Il replaça les cimeterres à côté de sa couche et chercha le sommeil, les dents serrés, le regard brillant.

Croyait-il ce qu'il venait de dire, ou tentait-il de se convaincre ? Il avait chassé le doute à la lisière de ses pensées. L'heure n'était plus aux questions ou à la mélancolie. Le découragement n'avait pas sa place dans le cœur d'un Drow.

CHAPITRE XX

UN MONDE ÉTRANGER

Les quatorze membres de la patrouille cheminaient lentement dans les couloirs. Silencieux grâce à leurs bottes magiques, presque invisibles sous leurs *piwafwis*, ils ne communiquaient que par gestes. La plupart du temps, la pente était à peine perceptible. Ils traversèrent des territoires hostiles, mais les gnomes et les nains duergars choisirent sagement de rester cachés.

Au bout d'une semaine, ils sentirent que leur environnement changeait. L'épais silence des grands fonds spéléologiques aurait été étouffant pour un habitant de la surface ; les elfes noirs étaient accoutumés à la présence de milliers de tonnes de roches au-dessus de leurs têtes. A chaque tournant, ils redoutaient de voir la voûte disparaître, les laissant sans défense.

Ils ne sentaient plus les vents chauds imprégnés de soufre issus du noyau de la terre, mais une brise humide, parfumée de centaines d'arômes inconnus. Là-haut, c'était le printemps, même si les elfes noirs, dans leur environnement immuable, n'en savaient rien. L'air était lourd du parfum des fleurs fraîchement écloses, et des senteurs des arbres bourgeonnants. Drizzt enchanté, devait constamment se rappeler que ces lieux étaient maléfiques et dangereux. Peut-être ces odeurs étaient-elles un piège diabolique, ou un poison mortel.

La prêtresse d'Arach-Tinilith s'approcha d'une paroi, examinant chaque fissure.

Après en avoir choisi une, elle lança un sort de clairevision et scruta l'insignifiante craquelure, pas plus épaisse qu'un doigt.

— Comment allons-nous passer par là ? demanda l'un des elfes.

L'air mauvais de Dinin mit un terme aux questions.

— Il fait jour au-dessus, annonça la prêtresse. Nous devons patienter.

— Combien de temps ? s'inquiéta Dinin, qui savait ses hommes sous tension.

— Je l'ignore. Pas plus d'un demi-cycle de Narbondel. Posons nos paquetages et reposons-nous tant que nous en avons le loisir.

Dinin aurait préféré continuer pour garder ses soldats occupés, mais il n'osa pas contrarier la prêtresse. La halte fut de courte durée : deux ou trois heures s'écoulèrent avant que la femme glisse à nouveau un regard par la fissure et déclare l'heure venue.

— Toi d'abord, dit Dinin à Drizzt, qui le regarda, incrédule.

Comment était-on censé passer par une ouverture aussi étroite ?

— Viens, dit la prêtresse, munie d'un globe percé de trous. Passe près de moi et va tout droit.

Quand il la frôla, elle tint le globe ensorcelé au-dessus de sa tête. Des paillettes plus noires que sa peau d'ébène tombèrent sur lui ; un frisson lui parcourut l'échine.

Interdits, les autres virent son corps se métamorphoser en entité bidimensionnelle, une ombre de lui-même fine comme un cheveu.

Sans comprendre, Drizzt vit la faille s'élargir sous

ses yeux. Il s'y glissa, découvrant que le mouvement était une pure question de volonté. Il dériva à travers les angles, les coudes et les virages du minuscule passage et aboutit dans une caverne dotée d'une sortie unique.

Une nuit sans lune était d'un luminosité aveuglante pour les yeux d'un elfe des profondeurs. Drizzt se sentit attiré par ces vastes étendues à ciel ouvert. Les autres le rejoignirent. Le jeune elfe retrouva le premier sa forme originelle. Ils vérifièrent soigneusement leur équipement.

— Je vais rester ici, déclara la prêtresse. Bonne chasse. La Reine Araignée vous regarde.

Dinin les avertit une dernière fois des dangers de la surface, puis il prit la tête de la colonne. La caverne donnait sur l'éperon d'une montagne. Dinin les conduisit à l'extérieur.

Sous les étoiles !

Alors que ces lumières stellaires qui risquaient de trahir leur présence rendaient les autres nerveux, Drizzt les regardait avec l'émerveillement d'un enfant. Baigné de lumière, il sentit son cœur vibrer de joie, et ne remarqua pas le joyeux sifflement porté par les vents nocturnes.

Dinin reconnut le chant des elfes blancs. Il scruta la ligne d'horizon et distingua un petit feu au loin, dans une vallée. Il donna le signal et s'élança.

Drizzt lut sur les visages des autres une inquiétude qui contrastait avec son inexplicable sérénité. Il comprit aussitôt que quelque chose n'allait pas. A la minute où il avait fait son premier pas sous les étoiles, il avait compris que ce n'était pas le monde haïssable que les maîtres de l'Académie avaient pris tant de peine à leur décrire. Ne plus avoir de roches au-dessus de la tête était déroutant, mais pas désagréable. Si les étoiles qui faisaient vibrer son cœur préludaient à ce que serait le lendemain, le *jour* n'aurait rien de terrible.

Une seule chose gâtait sa sensation de liberté. Ou il était victime d'une distorsion de ses sens, ou ses compagnons, y compris son frère, voyaient ce nouveau monde avec des yeux trompeurs.

C'était un problème supplémentaire : sa quiétude était-elle le fruit d'une illusion ou d'une formidable lucidité ?

Ils progressèrent, tous les sens en alerte, empoignant leurs armes chaque fois qu'un écureuil passait de branche en branche ou qu'un oiseau lançait ses trilles. Leur monde naturel était bien différent d'une forêt au printemps. En Ombre-Terre, tout être vivant devait attaquer les intrus pour survivre.

Dinin les mena droit au but. La lueur d'un feu se découpa à travers les branches. Les elfes blancs étaient la race terrestre la plus vive ; les humains n'avaient aucune chance de les surprendre.

Mais les elfes noirs étaient plus discrets que leur ombre. Silencieux, même sur des lits de feuilles sèches, leur armure épousait leur corps à la perfection et accompagnait leur musculature en mouvement sans le moindre bruit. Ils encerclèrent la clairière à l'insu des féeriques dansant sous les étoiles.

Fasciné par leurs jeux, Drizzt remarqua à peine les ordres mimés par son frère. Les enfants menaient la farandole ; ils ne se distinguaient des adultes que par leur taille : les « vieux » n'étaient pas moins libres d'esprit. Des trésors d'innocence, de vie et de nostalgie semblaient les lier, manifestations d'une amitié plus profonde que tout ce que Drizzt avait connu à Menzoberranzan.

Le second fils sentit que son groupe se déployait en éventail pour faciliter l'attaque. Il ne pouvait détacher ses yeux du spectacle. Dinin lui donna une tape sur l'épaule, et désigna l'arc court qu'il portait à la taille.

Drizzt aurait voulu tout arrêter, ouvrir les yeux de ses camarades sur les êtres qu'ils étaient si prompts à appeler ennemis. Ses pieds refusaient de bouger, sa bouche était sèche. Il espéra que son frère prendrait sa respiration heurtée pour de l'exaltation.

Son ouïe aiguisée perçut le son de la dizaine d'arcs qu'on bandait. Le chant s'interrompit brutalement ; plusieurs elfes blancs tombèrent.

— Non ! hurla Drizzt.

Son cri passa pour un appel guerrier ; Dinin et les autres fondirent sur les féeriques.

Drizzt bondit dans la clairière, sans savoir ce qu'il allait faire. Il ne voulait qu'une chose : arrêter la bataille, mettre un terme à ce carnage.

Tout à fait détendus dans les bois, leur foyer, les elfes blancs ne portaient pas d'armes. Les guerriers drows les taillèrent en pièces en toute quiétude, hachant menu leurs cadavres.

Une femelle en proie à la terreur surgit devant Drizzt ; abaissant ses armes, il chercha un moyen de la réconforter.

Son corps fut parcouru d'un horrible soubresaut quand une lame la transperça. Envoûté, horrifié, Drizzt vit le guerrier drow derrière elle empoigner la garde de son épée à pleines mains et retourner sauvagement la lame dans les chairs de sa victime. Les dernières secondes fugaces de son existence, l'elfe empalée fixa Drizzt de ses yeux suppliants. Elle expira dans un gargouillis.

Exultant, le guerrier arracha sa lame de la dépouille, et décapita sa petite victime.

— Vengeance ! hurla-t-il à Drizzt, les yeux luisant de haine.

Il donna un dernier coup de pied au cadavre et partit à la recherche d'une autre proie.

L'instant suivant, une fillette se précipita vers Drizzt, hurlant sans cesse un mot incompréhensible. A voir son joli visage baigné de larmes, il comprit ce qu'elle criait. Les yeux rivés sur le corps mutilé de la femme, elle ne pouvait hurler qu'un seul mot : « Maman ! ».

La rage, l'horreur, le tourment et une foule d'autres émotions s'emparèrent du second fils de la Maison Do'Urden.

L'enfant courait vers lui sans le voir, son dos devenant la proie idéale d'une flèche. Comme un automate, Drizzt leva son cimeterre.

— Oui, mon frère ! lui cria Dinin, tue ce monstre !

Drizzt releva la tête : Dinin était couvert de sang, de ses lèvres coulait une écume rose.

— Tu connais maintenant la gloire d'être drow ! cria-t-il. Aujourd'hui nous apaisons la Reine-Araignée !

Drizzt gronda et arma son bras pour un coup fatal.

Il s'en fallut de peu. Dans sa stupeur, Drizzt Do'Urden faillit imiter ses semblables. Il manqua de voler la vie qui brillait dans les beaux yeux de la fillette.

Au dernier instant, elle les leva ses yeux, et ils lui renvoyèrent la noirceur de son cœur. Dans ce regard, image négative de la rage qui guidait sa main, Drizzt Do'Urden se trouva enfin.

La lame frôla la tête de l'enfant. Puis le jeune elfe la fit tomber d'une chiquenaude.

Elle hurla, indemne mais terrifiée ; Drizzt vit son frère brandir le poing puis se tourner vers d'autres victimes.

L'élève de Zak devait agir très vite. Le massacre touchait à sa fin. Il passa ses lames au-dessus du petit corps, lacérant les vêtements sans infliger d'égratignure à la chair. Il utilisa le sang de la mère pour parfaire l'illusion. Il tira un amer plaisir de songer qu'elle aurait été heureuse que sa dépouille sauve son enfant.

— Reste tranquille, murmura-t-il à l'oreille de la petite fille.

Elle ne comprenait pas sa langue, mais le ton devait être assez clair pour lui faire saisir la ruse. Quand les autres vinrent le rejoindre, il ne pouvait qu'espérer avoir fait du beau travail.

— Merveilleux ! s'exclama Dinin, tremblant d'excitation. Une vingtaine de chairs à orcs morts et pas un seul blessé dans nos rangs ! Les Matrones de Menzoberranzan vont être ravies. (Il jeta un coup d'œil aux deux cadavres de femmes.) Croyaient-elles pouvoir t'échapper ?

Drizzt s'efforça de cacher son dégoût. Son frère était en proie à une telle furie qu'il n'aurait rien remarqué de toute façon...

— Deux morts pour Drizzt !
— Un ! dit une voix.

Un guerrier sortit des rangs.

Drizzt saisit la garde de ses lames, rassemblant son courage. Si le Drow avait percé sa ruse à jour, il se battrait pour sauver l'enfant. Pour épargner la fillette au regard lumineux, il combattrait ses compagnons, son frère même, jusqu'à tomber sous leurs coups. Au moins il ne verrait pas mourir sa protégée...

Fort heureusement, le problème ne se posa pas.

— Drizzt a eu l'enfant, déclara le contestataire, mais j'ai tué la femelle. Je l'ai touchée avant que ton frère lève le bras !

Drizzt frappa sans l'avoir voulu ; l'instant suivant, le guerrier vantard gémissait sur le sol, se tenant le visage.

— Que t'arrive-t-il ? s'étonna Dinin.

Il fallait agir vite et judicieusement.

— Si tu t'avises encore de me voler une victime, cracha-t-il au guerrier à terre, je remplacerai la tête que tu as tranchée par la tienne !

Drizzt entendit les sanglots étouffés de la fillette cachée sous le cadavre de sa mère. Mieux valait ne pas traîner dans le coin.

— Allons, gronda-t-il, déguerpissons ! La puanteur de ces lieux me remplit la bouche de bile !

Il partit en trombe. Riant aux éclats, les autres ramassèrent leur camarade sonné, et le suivirent.

— Enfin, murmura Dinin. Tu as appris ce que signifie être un guerrier drow !

Dans son aveuglement, il ne soupçonna pas l'ironie de ses paroles.

*
* *

— Il reste un dernier devoir à accomplir avant de revenir chez nous, expliqua la prêtresse quand ils eurent regagné la grotte. (Elle seule connaissait le second but de l'expédition.) Les Matrones de Menzoberranzan nous ont demandé d'être les témoins de la plus grande horreur de la surface, pour que nous puissions avertir nos semblables.

Nos semblables ? songea Drizzt, écœuré. Pour lui, les soldats de cette expédition avaient déjà été témoins de la plus grande horreur : leur propre comportement !

— Là ! s'écria Dinin, désignant l'horizon, à l'est.

Dans le lointain, une faible luminosité auréolait les chaînes montagneuses. Un habitant de la surface ne l'aurait pas remarquée, mais les elfes noirs la distinguèrent sans peine ; tous, même Drizzt, eurent un mouvement de recul.

— C'est beau, murmura Drizzt.

Dinin lui décocha un regard glacial ; la prêtresse fit de même.

— Ôtez vos capes et votre harnachement, armure comprise, ordonna-t-elle. Vite !

La prêtresse les guida ensuite vers la lumière naissante.

— Regardez ! ordonna-t-elle.

Le ciel oriental se teinta d'un rose tirant sur le pourpre puis tourna au rose franc. L'intensité de la lumière les força à plisser les yeux. Le soleil se levait. Le monde s'éveillait sous sa chaleur dispensatrice de vie. Ses rayons agressèrent leurs pupilles, brûlant leur cornée accoutumée à la noirceur d'Ombre-Terre.

— Regardez ! s'écria la prêtresse. Soyez les témoins de cette *horreur* !

Les elfes crièrent de douleur et reculèrent vers la bienveillante pénombre. Seuls Drizzt et la prêtresse restèrent à la lumière du petit jour. La douleur était vive pour lui aussi, mais il se délectait de la lumière, l'acceptait comme une purification, s'exposant à ses feux pour cicatriser son âme.

— Viens, lui dit la prêtresse, qui ne comprenait pas son attitude. Nous avons été *témoins*. Nous pouvons rentrer chez nous.

— Chez nous ? répéta Drizzt.

— Menzoberranzan ! s'écria-t-elle, pensant que le mâle avait perdu l'esprit. Viens, avant que cet enfer te brûle la peau. Que nos cousins de la surface souffrent de ces feux. C'est la juste rétribution de leurs crimes !

Drizzt ricana. *Une juste rétribution* ? Il aurait voulu décrocher un millier de soleils et les apporter dans chaque chapelle de Menzoberranzan pour qu'ils y brillent éternellement.

La douleur devint insupportable. Il gagna les ténèbres en vacillant et remit son armure. Son globe en main, la prêtresse le fit de nouveau passer le premier par la minuscule fissure. Quand tout le groupe l'eut imité, Drizzt guida l'expédition vers les ténèbres de leur noire existence.

CHAPITRE XXI

PUISSE CELA PLAIRE À LA DÉESSE

— Avez-vous contenté la déesse ? demanda Matrone Malice, menaçante.

A ses côtés, Briza, Vierna et Maya dissimulaient leur jalousie sous un air impassible.

— Pas un seul Drow n'a été tué, répondit Dinin. On les a massacrés ! (Il bavait d'excitation.) On les a tailladés et écartelés !

— Ton score ? coupa la Matrone, plus soucieuse des conséquences pour la famille que du succès de l'expédition.

— Cinq, répondit-il fièrement. J'en ai tué cinq, rien que des femelles !

Le sourire de Malice combla Dinin. Puis elle fronça les sourcils à l'intention de Drizzt. Elle ne s'attendait pas à des prouesses de la part de son second fils. S'il excellait au combat, il tenait trop de son père pour être efficace dans ce genre de situation.

La réaction de Dinin la surprit ; il alla vers son frère cadet, et lui passa un bras autour des épaules :

— Drizzt en a tué un, mais il s'agissait d'une femelle en bas âge.

— Seulement un ? gronda Matrone Malice.

Dans l'ombre, Zaknafein écoutait le rapport. Il aurait voulu effacer de son esprit les paroles du fils aîné. De tous les maux endurés à Menzoberranzan, celui-ci était le plus cuisant : Drizzt avait tué une enfant !

— Mais la façon dont il l'a tuée ! s'exclama Dinin. Il l'a transpercée, a instillé la fureur de Lloth dans son corps supplicié ! La Reine Araignée a dû se délecter de cette mise à mort !

— Rien qu'un, maugréa Matrone Malice.

— Il en aurait eu deux, poursuivit Dinin, si Shar Nadal, de la Maison Maevret, ne lui avait volé une autre femelle.

— Alors Lloth accordera sa grâce à la Maison Maevret, grogna Malice.

— Non, répondit Dinin. Drizzt l'a frappé, et le fils de la Maison Maevret n'a pas osé répondre à son défi.

Le souvenir hantait Drizzt, qui aurait aimé que Shar Nadal l'attaque, et lui permette de donner libre cours à sa furie. Cette pensée suffit à raviver ses remords. Il était aussi assoiffé de sang que les autres !

— Très bien, mes enfants, reprit Malice, satisfaite de sa progéniture. La déesse Lloth accordera ses bienfaits à la Maison Do'Urden. Elle nous guidera vers la victoire contre la Maison inconnue qui cherche notre ruine.

*
* *

Main crispée sur le pommeau de son épée, tête baissée, Zaknafein quitta la salle d'audience. Il repensait au jour où il avait attaqué son fils avec la sphère lumineuse. S'il l'avait tué, il aurait épargné une fin atroce à cette gosse. Mieux valait un fils mort qu'un boucher vivant.

Il s'arrêta et se retourna. Les deux frères étaient en

train de sortir ; Drizzt lui lança un regard accusateur, et se détourna ostensiblement, empruntant un couloir latéral.

— Nous en sommes donc là, murmura le maître d'armes. Le plus jeune guerrier de la Maison Do'Urden me méprise.

Zak réfléchit de nouveau à l'instant fatidique où la vie de son fils avait tenu au fil de son épée. Ç'aurait été un acte miséricordieux que de l'achever à cette seconde.

Après tout, celui qui donne la vie a le droit, et parfois le devoir, de la reprendre.

*
* *

— Laisse-nous, ordonna Matrone SiNafay, en traversant d'un pas royal la petite pièce éclairée à la chandelle.

Alton en resta bouche bée ; bon sang, c'étaient ses appartements privés ! Prudent, il se rappela que SiNafay était la maîtresse de la Maison Hun'ett. Avec quelques courbettes maladroites, il s'effaça et sortit.

Masoj dévisagea sa mère. A son ton nerveux, il devinait les motivations de sa visite. Avait-il fait quelque chose de nature à lui déplaire ? Ou était-ce Alton ? Quand SiNafay se tourna vers lui, le visage tordu par une joie mauvaise, il réalisa que son agitation était en fait de l'exultation.

— La Maison Do'Urden a failli ! gronda-t-elle. Elle a perdu la faveur de Lloth !

— Comment ?

Masoj savait que les deux frères étaient revenus d'un raid dont toute la ville parlait en termes élogieux.

— J'ignore les détails, répondit-elle. Un des fils a déplu à Lloth. Cela m'a été rapporté par une jeune vestale de la déesse. Ce doit être vrai !

— Matrone Malice rétablira promptement la situation, dit Masoj. Combien de temps avons-nous ?

— Le mécontentement de Lloth ne sera pas révélé à Matrone Malice. Pas tout de suite. La Reine Araignée sait tout. Elle sait que nous nous préparons à attaquer la Maison Do'Urden ! Il faut agir vite. Dans dix cycles de Narbondel, nous devrons porter le premier coup ! L'assaut suivra très vite, avant que nos ennemis fassent le rapprochement entre leur perte et nos agissements.

— Quelle *perte* ? demanda Masoj, pensant avoir deviné.

Les mots de sa mère furent une douce mélodie à ses oreilles.

— Drizzt Do'Urden, susurra-t-elle. Le fils prodige. Tue-le !

Masoj brandit le poing.

— Tu ne me décevras pas, l'avertit SiNafay.

— Non, Matrone. Drizzt, quoique jeune, est un redoutable adversaire. Son frère, ancien maître de Melee-Magthere, n'est jamais bien loin. Puis-je aussi tuer Dinin ?

— Sois prudent, mon fils. Drizzt Do'Urden est ta cible. Concentre-toi sur sa mise à mort.

— Qu'il en soit fait selon tes désirs, mère...

SiNafay aimait la façon qu'il avait d'obéir sans poser de questions. Elle avait toute confiance en ses aptitudes.

— Si Dinin Do'Urden s'avise de se mettre en travers de ton chemin, lança-t-elle en sortant pour le récompenser de son obéissance, tu pourras le tuer aussi.

Masoj sourit béatement.

— Tu ne me décevras pas ! répéta-t-elle, lui gâchant sa joie. Drizzt Do'Urden doit mourir dans les dix jours !

Il savait déjà comment il procéderait ; il suffisait de guetter l'occasion.

*
**

Les souvenirs du raid poursuivaient Drizzt, pendant qu'il déambulait dans les galeries de Daermon N'a'shezbaernon. Dès que Matrone Malice avait donné la permission de se retirer, il était sorti le premier de la salle d'audience. Puis il avait faussé compagnie à son frère à la première occasion, à la recherche d'un peu de solitude.

Des images le hantaient : l'air hagard de la fillette penchée sur le corps mutilé de sa mère ; l'expression terrifiée de la jeune femme pendant que l'épée de Shar Nadal buvait sa vie. Les elfes blancs peuplaient ses pensées, il ne parvenait pas à les en chasser. Ils marchaient à ses côtés, aussi réels qu'à l'instant où les soldats avaient fondu sur eux au milieu de leur danse.

Drizzt se demanda s'il serait jamais seul de nouveau.

Tourmenté par une sensation de vide insondable, il marchait au hasard. Il sursauta en heurtant quelqu'un au détour d'un couloir.

Zaknafein se tenait devant lui.

— Te voilà de retour, dit le maître d'armes, faussement placide.

— Pour un jour...

Depuis qu'il avait été témoin de la rage des elfes drows, les méfaits de son ancien maître lui répugnaient encore plus.

— Ma patrouille repartira à la première lueur de Narbondel.

— Si vite ? s'étonna Zak.

— Nous sommes mobilisés...

— Des mouvements de troupe ?

— Oui. On signale des troubles dans les tunnels est.

— Les héros sont mobilisés !

Drizzt ne répondit pas. Etait-ce un sarcasme ? Ou

de la jalousie, parce que Dinin et lui avaient été autorisés à se rendre à la surface tandis qu'il restait en ville pour remplir son rôle d'instructeur ? Sa soif de sang était-elle si forte ? Il les avait entraînés, Dinin et lui, n'est-ce pas ? Comme des centaines d'autres. Il les avait transformés en machines à tuer.

— Combien de temps seras-tu parti ? s'enquit Zak, voulant en fait apprendre où serait son fils.

— Une semaine, tout au plus...
— Et puis ?
— De retour ici...
— C'est bien. Je serai heureux de te voir rentrer au bercail.

Drizzt n'en crut pas un mot. Zak lui flanqua une solide claque sur l'épaule. Un geste volontairement trop vif, pour tester ses réflexes. Plus surpris qu'inquiet, Drizzt accepta la bourrade sans réagir.

— Et si on s'entraînait ? demanda Zak. Toi et moi, comme autrefois ?

Impossible ! voulut crier Drizzt. Mais il hocha la tête.

— Ça me plairait, dit-il, se demandant quelle satisfaction il retirerait de tailler Zaknafein en pièces.

— Moi aussi, dit Zak.

La chaleur de son ton voilait ses véritables intentions, exact reflet de celles de Drizzt.

— Dans une semaine, donc.

Il repartit, incapable de jouer davantage la comédie avec le Drow qui avait été son plus cher ami, mais qui se révélait aussi sournois que ses semblables.

*
* *

— S'il te plaît, Matrone, implora Alton, c'est mon droit. Je t'en supplie !

— Patience, mon garçon, répondit SiNafay, presque apitoyée - un sentiment rarissime et jamais dévoilé.

— J'ai attendu...

— L'heure est bientôt venue. Tu as déjà essayé, et échoué.

La surprise d'Alton la fit sourire.

— Oui, dit-elle, je connais ta tentative ratée contre la vie de Drizzt Do'Urden. Si Masoj n'était pas intervenu, le jeune guerrier t'aurait massacré.

— C'est moi qui l'aurais détruit !

SiNafay ne discuta pas.

— Peut-être aurais-tu gagné... mais être dénoncé comme imposteur et livré à la populace, quel triste destin !

— Je m'en serais moqué !

— Et tu serais mort lapidé ! gronda-t-elle. Fie-toi à moi, Alton DeVir. Ta... *Notre* victoire est proche !

— Masoj tuera Drizzt, et peut-être Dinin, grommela-t-il.

— D'autres Do'Urden tomberont sous les coups d'Alton DeVir, promit SiNafay. Des grandes prêtresses.

Alton ne put dissimuler la déception de se voir voler sa vengeance contre Drizzt. Il voulait à tout prix la peau de ce jeune fat !

Mais il ne pouvait dédaigner les promesses de Matrone SiNafay. La perspective de tuer des grandes prêtresses Do'Urden n'était pas pour lui déplaire.

*
* *

La douceur inhabituelle du lit n'offrait à Drizzt aucun baume contre la mélancolie. Un autre fantôme était venu éclipser le récent carnage : Zaknafein.

Dinin et Vierna lui avaient révélé le rôle de Zak dans la chute de la Maison DeVir. Son mentor était un tueur à gages !

Le réconfort d'avoir sauvé la vie de l'enfant semblait de plus en plus dérisoire. Matrone Malice, sa mère, avait pris force plaisir à entendre le sanglant récit. Drizzt se souvenait de l'horreur de la gamine découvrant sa mère assassinée. Un elfe noir serait-il aussi terrifié par un tel spectacle ? Peu vraisemblable. Les Drows n'éprouvaient aucun amour filial ; la plupart seraient trop occupés à calculer les bénéfices de la mort de leur mère pour avoir le temps de la pleurer.

Malice aurait-elle éprouvé quelque chose si ses fils avaient été tués lors du raid ? Là encore, Drizzt connaissait la réponse. Tout ce qui importait à la Matrone, c'était que l'expédition renforce *son* pouvoir. Elle s'était délectée que ses enfants aient plu à la déesse. C'était tout.

Quelle « faveur » reviendrait à la Maison Do'Urden si la Reine Araignée apprenait la vérité ? Il n'avait aucun moyen de savoir quel genre d'intérêt la déesse avait pris à ce raid. Lloth restait un mystère pour lui, qu'il ne tenait pas à explorer. Serait-elle enragée si elle savait la vérité ?

Drizzt frissonna en songeant au châtiment qu'il risquait. Mais sa décision était prise. Il reviendrait dans une semaine, et il irait trouver son vieux professeur.

Pour le tuer !

*
* *

Zaknafein aiguisait le tranchant de son épée.

L'arme devait être parfaite, l'acte exécuté sans méchanceté ni colère.

Un seul coup, et Zak se débarrasserait des démons qui le hantaient. Un seul coup, et il accomplirait ce qu'il aurait dû faire dix ans plus tôt.

— Si j'en avais eu le courage à l'époque, se lamenta-t-il. Combien de maux aurais-je épargné à Drizzt ? Comme il a dû souffrir à l'Académie pour changer à ce point !

Ses paroles sonnaient creux. Drizzt ne pouvait plus être raisonné. Il était un guerrier drow, voué au mal jusqu'à son dernier souffle.

Zaknafein n'avait pas le choix.

Cette fois, il ne retiendrait pas son bras. Il devait tuer son fils.

CHAPITRE XXII

GNOMES, MÉCHANTS GNOMES

Dans les labyrinthes d'Ombre-Terre marchaient les Svirfneblins, les gnomes des profondeurs. Ni bons ni méchants, plutôt déplacés dans un monde de malfaisance générale, ils survivaient et se multipliaient envers et contre tout. Fiers guerriers, habiles à forger armes et armures, et meilleurs mineurs que les nains gris, les Svirfneblins vaquaient à leurs tâches : extraire les gemmes et les métaux précieux malgré les dangers qui les guettaient à chaque pas.

La nouvelle atteignit vite Blingdenstone, la grappe de tunnels et de cavernes qui composaient leur cité : un filon de pierres précieuses avait été découvert à trente kilomètres environ à l'est par les vers des roches nommés *thoqquas*. Le gardien-piocheur Belwar Dissengulp se vit accorder le privilège de mener l'expédition. Tous savaient qu'à environ quarante-cinq kilomètres à l'est se dressait la sinistre Menzoberranzan. Rejoindre la mine demanderait une semaine de voyage en territoire ennemi. Mais la peur n'oblitérait pas l'amour que les Svirfneblins portaient aux pierres précieuses.

Quand Belwar et ses quarante mineurs parvinrent à la grotte décrite par les éclaireurs, et marquée du signe caractéristique des gnomes, ils virent que les rapports n'étaient pas exagérés. Le gardien-piocheur prit garde de ne pas se laisser enivrer par l'enthousiasme. Il savait que vingt mille elfes drows - leurs ennemis les plus redoutables -, étaient à une dizaine de kilomètres.

Les tunnels furent équipés de conduits d'aération pour détourner les éclairs et fournir un abri contre les déflagrations des boules de feu.

Quand on en arriva au forage, Belwar posta un tiers de ses hommes à l'entrée de la grotte. Puis il surveilla les travaux, une main posée en permanence sur l'émeraude magique qu'il portait autour du cou.

*
* *

— Trois patrouilles au complet, dit Drizzt à Dinin quand ils arrivèrent au Terrain Vague, à l'est de Menzoberranzan.

Peu de stalagmites s'alignaient de ce côté de l'agglomération, mais l'espace ne paraissait plus si « vague » maintenant qu'il fourmillait de Drows.

— Les gnomes sont une menace sérieuse, répondit Dinin. Ils sont méchants et puissants...

— Aussi méchants que les elfes blancs ? coupa Drizzt, dissimulant son ironie sous une fausse exubérance.

— Presque... Des prêtresses viennent vers nous. Les rumeurs étaient donc vraies...

Un frisson parcourut Drizzt, signe avant-coureur de la folie guerrière. Puis l'excitation retomba : il avait peur - non pas peur des blessures, ni des gnomes, mais peur du carnage dont il allait à nouveau être complice.

Il chassa ces noires pensées ; cette fois, son pays

était envahi. Les gnomes avaient violé ses frontières. S'ils étaient aussi malfaisants qu'on l'affirmait, Menzoberranzan n'avait d'autre choix que répondre les armes à la main.

Si !

La patrouille de Drizzt, la plus fameuse parmi les mâles, fut choisie pour mener l'attaque, et le jeune elfe, comme toujours, prit la tête. En proie au doute, il envisagea d'égarer ses hommes. Ou de les devancer pour prévenir les gnomes du danger.

Il mesura l'absurdité de cette idée. Jamais il ne réussirait à retarder les quarante guerriers qui le suivaient, impatients de faire couler le sang. Il était à nouveau impuissant, au bord du désespoir.

Masoj Hun'ett apparut, et arrangea les choses.

— Guenhwyvar ! appela le jeune sorcier.

La panthère accourut. Masoj confia le félin au jeune elfe et regagna les rangs.

La bête ne cacha pas son allégresse, Drizzt non plus. Il ne l'avait plus vue depuis un mois. Elle faillit le faire tomber en s'appuyant sur lui, dressée sur ses pattes arrière. Il l'accueillit par de rudes caresses derrière les oreilles.

Et ils se tournèrent d'un seul mouvement brusquement conscients d'un regard furibond dardé sur eux : Masoj les foudroyait des yeux.

— Je n'utiliserai pas la bête pour tuer Drizzt, marmonna-t-il trop bas pour qu'on l'entende. Je me réserverai ce plaisir !

De la jalousie ? se demanda Drizzt. Le sorcier n'avait pas pu participer au raid et revenir auréolé de gloire. Sensible à sa douleur, Drizzt s'écarta de Guenhwyvar. Sitôt Masoj reparti dans la colonne, il passa les bras autour du cou de sa panthère.

*
* *

Il se trouva plus heureux encore de la compagnie de la bête quand ils furent loin des chemins balisés entourant la ville. Un dicton disait qu'« on n'était jamais plus seul qu'à l'avant-garde d'une patrouille drow » et Drizzt s'en était rendu compte durant les mois passés. Il fit halte et se tint parfaitement immobile, l'oreille tendue. Plus de quarante Drows marchaient sur ses talons, armés jusqu'aux dents. Pas un seul bruit ne filtrait, pas un mouvement n'était détectable dans les ombres .inquiétantes. Drizzt baissa la tête vers Guenhwyvar, puis il se remit en route.

Il sentait derrière lui la chaleur de ses semblables. C'était la seule preuve que la panthère et lui n'étaient pas seuls au monde.

Peu après, il perçut les premiers bruits. A une intersection, plaqué contre une paroi, il sentit une subtile vibration dans la roche. Il reconnut le rythme régulier des coups.

Il sortit un petit objet chauffé par magie. Une face était revêtue de cuir épais ; l'autre brillait d'un éclat fulgurant pour des yeux sensibles aux infrarouges. Drizzt le brandit et Dinin, quelques instants après, le rejoignit.

— Des pioches, signala Drizzt au moyen de leur code gestuel.

Dinin pressa l'oreille contre la paroi et confirma la nouvelle d'un hochement de tête.

— Cinquante mètres ? demanda-t-il.

— Moins d'une centaine, confirma Drizzt.

A l'aide de son propre carré, Dinin envoya un signal au reste des hommes. L'instant d'après, Drizzt vit pour la première fois des Svirfneblins. Deux gardes étaient postés à une dizaine de mètres. Ils arrivaient à la poitrine d'un Drow ; leur peau était d'une texture étrangement assortie à la pierre. Leurs yeux brillaient dans l'obscurité. Cela rappela aux deux elfes que les gnomes étaient aussi à l'aise qu'eux dans les profondeurs. Ils se glissèrent derrière un rocher.

Dinin coula un regard furtif : le tunnel, au-delà des gardes, donnait sur une caverne plus vaste.

Il fit signe à ses hommes et se tourna vers Drizzt.

— Reste là avec la bête, ordonna-t-il.

Il rebroussa chemin pour aller s'entretenir avec les autres chefs.

Masoj vit Dinin partir ; était-ce l'occasion de se débarrasser de Drizzt ? Existait-il un moyen d'attaquer le jeune Do'Urden sans que les autres s'en aperçoivent ? Et l'occasion passa : des soldats rejoignirent le sorcier. Dinin revint peu de temps après.

— La grotte a beaucoup de sorties, dit-il. Les autres patrouilles sont en train d'encercler les gnomes.

— Pourquoi ne pas parlementer avec eux ? proposa Drizzt. (Malgré l'air hargneux de son frère, il ne pouvait plus reculer.) On pourrait essayer de les renvoyer sans verser le sang ?

Dinin l'agrippa par la tunique de son *piwafwi* et le tira vers lui.

— J'oublierai que tu as posé cette question, murmura-t-il. Tu déclencheras les hostilités. Plonge le corridor dans les ténèbres magiques à mon signal et précipite-toi sur les gardes. Il faut que tu atteignes leur chef : sa pierre détient le secret de leur force.

Drizzt ignorait à quoi il faisait allusion, mais les instructions étaient claires.

— Prends le félin, continua Dinin. La patrouille surgira en quelques secondes.

Guenhwyvar vint presser son museau contre lui, impatient de se battre. L'instant suivant, Dinin lança le signal ! Drizzt secoua la tête, étonné ; à quelle vitesse les guerriers avaient réagi !

Il caressa la tête du félin pour se porter chance, puis invoqua un globe de ténèbres.

Des piaillements alarmés retentirent. Drizzt traversa la sphère noire d'un roulé-boulé. Une douzaine de gnomes surgirent pour défendre la mine.

Un Svirfneblin asséna un coup de pioche sur l'épaule de Drizzt ; il para, étonné par la force de son minuscule adversaire. Il aurait pu le tuer de son autre cimeterre. Trop de doutes et de souvenirs retinrent son bras ; il fit un croche-patte au petit être.

Belwar Dissengulp vit avec quelle aisance l'elfe venait de vaincre un de ses meilleurs guerriers. Il était temps de faire appel à ses pouvoirs. Il ôta l'émeraude de son cou et la jeta aux pieds de Drizzt.

L'elfe bondit en arrière, sentant les émanations magiques. La pierre se mit à pulser comme si elle était douée de vie.

La bataille faisait rage autour de lui, mais il resta immobile ; ce qui se passait sous ses yeux était plus grave.

Haut de cinq mètres, large de trois, un monstre humanoïde fait de pierre vivante se dressait, menaçant.

— Un élémental !

Masoj parcourut son grimoire à la recherche d'un *dweomer*. A la grande frayeur de Drizzt, le sorcier marmonna et disparut.

Campé sur ses pieds, Drizzt jaugea son formidable adversaire, animé d'un pouvoir qui semblait couler le long de ses membres poreux.

Le moulinet d'un bras passa en sifflant à quelques centimètres de la tête de l'elfe ; la roche vola en poussière sous l'impact.

Si le colosse arrivait à le toucher, il était perdu. Drizzt fit mouche et, à sa surprise, l'élémental grimaça de douleur. Apparemment, l'entité n'était pas invulnérable aux lames ensorcelées.

Invisible, Masoj guettait le moment où les deux adversaires faibliraient. L'élémental allait peut-être détruire Drizzt. Autant laisser la magie des gnomes faire le sale boulot.

Le monstre décocha un direct, puis un autre ; Drizzt plongea entre ses jambes épaisses. Prompt à réagir, l'élémental se mit à piétiner le sol, fissurant la roche sur plusieurs mètres.

Drizzt se releva, vif comme l'éclair, et entra en action, coupant et tailladant l'épaisse texture poreuse, avant de bondir à l'abri des ripostes désordonnées de la créature.

La bataille s'éloignait. Les gnomes survivants se repliaient, poursuivis par les elfes. Drizzt resta seul contre le monstre.

Un nouvel impact provoqua un éboulement.

Soudain une boule furieuse surgit du néant pour percuter la tête du géant, lui lacérant la face de ses griffes.

— Guenhwyvar ! hurlèrent Masoj et Drizzt à l'unisson.

Masoj enragea : avec son familier en travers du chemin, il n'était plus question de lancer un sort.

— Fais quelque chose ! cria Drizzt au sorcier invisible.

L'élémental beugla de douleur - un cri qui rappelait le fracas d'une avalanche. Propulsé à une vitesse sidérante, il se précipita tête la première contre une paroi pour y écraser la bête.

Drizzt hurla.

Mais au lieu de percuter la roche, le félin et le colosse de pierre disparurent !

*
* *

Grâce aux auréoles pourpres jetées sur les gnomes, les archers et les bretteurs drows avaient beau jeu de les tailler en pièces. Les Svirfneblins ripostèrent aussi par la magie - des trucs d'illusionniste. Un soldat drow heurta de plein fouet un pan de roche qui jaillit littéralement du néant.

Belwar Dissengulp fut gagné par la terreur. L'élémental - son meilleur atout et son seul espoir -, mettait trop longtemps à écraser un seul elfe. Faute de mieux, il disposa ses troupes en formation serrée.

Les Drows fondirent sur eux. Belwar bondit, hache au poing, sourire féroce aux lèvres, heureux de sentir son arme mordre la chair drow.

Rien ne compta désormais, hormis frapper l'ennemi. Les gnomes haïssaient les Drows par-dessus tout, et les elfes noirs n'aimaient rien tant qu'étriper un Svirfneblin.

*
* *

Drizzt se précipita, mais seule la roche se dressait devant lui.

— Masoj ? hoqueta-t-il.

Un sorcier devait pouvoir l'aider !

Le sol s'ouvrit derrière le jeune elfe : le gigantesque être de pierre était de retour !

Désespéré, Drizzt vit se dissiper la brume qui avait été son plus fidèle allié.

Guenhwyvar était-il mort ? Son seul ami avait-il à jamais disparu ? Une rage primaire monta en lui. Il toisa le monstre.

— Tu vas crever, promit-il.

L'élémental parut surpris, même s'il ne pouvait comprendre. Il baissa un poing titanesque pour réduire en bouillie son stupide adversaire. Drizzt sut que toutes ses forces réunies ne dévieraient pas le coup. Plus rapide que l'éclair, il plongea. La rafale de moulinets qui s'ensuivit coupa le souffle à Masoj. Le sorcier n'avait jamais vu une pareille grâce au combat, ni une telle fluidité de mouvement. Drizzt lévita à la hauteur du colosse, hachant et taillandant les chairs poreuses, tordant les pointes de ses lames pour extirper des copeaux de peau.

L'entité lança son beuglement d'avalanche, et décrivit des demi-cercles à l'aveuglette pour tenter de se débarrasser de son agresseur en l'écrasant contre la roche. La colère hissa l'éblouissant bretteur à des sommets insoupçonnés. En dépit de ses efforts, le colosse ne brassa que de l'air !

Le jeune Drow allait-il avoir raison d'un élémental ? Le sol était jonché de cadavres et d'agonisants. Les gnomes fuyaient par les boyaux, poursuivis par les Drows assoiffés de sang, qui oubliaient toute prudence.

Le sorcier sourit : l'heure de frapper était venue !

Le monstre vacilla, presque terrassé. Soudain un éclair magique jaillit. Drizzt fut projeté au loin par la déflagration. Comme anesthésié, le souffle coupé, enfermé dans une bulle de silence, il flottait entre la vie et la mort.

L'attaque avait annihilé le sortilège d'invisibilité : Masoj était réapparu, un sourire cruel aux lèvres. Prostré, l'élémental glissa de nouveau dans la sécurité de la terre-mère.

— Es-tu mort ? demanda le sorcier. Ce serait trop facile...

Drizzt sentit des picotements dans ses doigts ; ses poumons aspirèrent goulûment de l'air.

Masoj s'assura d'un coup d'œil qu'il était bien seul avec sa victime - pas de témoins.

Il pensa à un merveilleux sortilège - un petit régal - pour torturer Drizzt tout son soûl.

Une main gigantesque surgit du sol et le tira par la jambe.

Son visage se tordit en un hurlement silencieux.

L'ennemi de Drizzt lui sauvait la vie. De nouveau maître de lui, le fils de Malice réagit : il taillada le bras monstrueux. La tête du géant réapparut entre les deux elfes. Hurlant de douleur et de rage, il continua de tirer son captif dans la roche.

Drizzt frappa de toutes ses forces, ouvrant presque en deux le crâne de l'élémental. Cette fois, l'entité ne disparut plus dans la roche ; elle était détruite.

— Sors-moi de là ! exigea le sorcier.

Drizzt le regarda avec des yeux ronds ; comment pouvait-il être encore en vie, enfoncé jusqu'à la taille dans la terre ? Et comment l'en extraire ?

Masoj comprit qu'il devait calmer le jeune guerrier s'il voulait survivre. Converser détournerait aussi les soupçons de Drizzt sur la foudre magique.

— Le sol que traverse un élémental de terre devient un portail entre le plan de la terre et le nôtre, le Plan Matériel, expliqua-t-il. La pierre s'est écartée quand le monstre m'a tiré. Mais le portail est en train de se refermer !

Il se tordit de douleur ; la roche se resserrait autour de son torse.

— Alors il se pourrait que Guenhwyvar..., réfléchit Drizzt.

Il sortit la statuette de la poche du sorcier et l'examina sous toutes les coutures.

— Donne-moi ça !

A contrecœur, Drizzt la lui rendit.

— Guenhwyvar est-il sain et sauf ?

— Ça ne te regarde pas ! Le portail se referme, répéta-t-il. Va chercher les prêtresses !

La paroi rocheuse, derrière eux, s'ouvrit soudain. Un gnome en sortit.

Le poing meurtrier de Belwar Dissengulp s'abattit sur la nuque du jeune Do'Urden.

CHAPITRE XXIII

UN COUP MORTEL

— Les gnomes se sont emparés de Drizzt, dit Masoj à Dinin quand la patrouille fut revenue.
— Où l'ont-ils emmené ? demanda Dinin. Et pourquoi t'ont-ils laissé la vie sauve ?
— Ils sont partis par une sortie dérobée, derrière moi. Je pense qu'ils m'auraient enlevé aussi, si je n'étais pas dans cette fâcheuse posture... (Il baissa la tête.) Ils m'auraient tué, si vous n'étiez pas arrivés.
— Tu as de la chance, sorcier, dit la grande prêtresse. J'ai conçu un sortilège qui relâchera l'étau de la pierre.
Sur ses instructions, ses assistantes apportèrent des outres d'eau. Puis elles tracèrent un carré de trois mètres autour du sorcier captif.
— Quelques-uns sont en fuite, dit Dinin.
Quand les assistantes eurent versé l'eau dans la zone ainsi délimitée, la prêtresse psalmodia un sortilège. Le sol se transforma en bourbier.
Masoj se mit à patauger, frénétique.
Deux prêtresses hilares le tirèrent sans mal de cette mauvaise posture.

— Joli sortilège, remarqua-t-il, recrachant la boue.

— Il a ses avantages, répondit la grande prêtresse. Surtout contre les gnomes et leurs tours de passe-passe. Je le réservais aux élémentaux de terre. (Elle baissa les yeux sur un tas de gravats d'où pointaient encore un œil et un nez.) Je vois que mon sortilège n'était pas utile.

— J'ai détruit cette créature, mentit Masoj.

— Je n'en doute pas, répondit-elle, n'en croyant rien.

Une épée avait manifestement taillé les chairs poreuses. Un bruit curieux les fit se retourner : les éclaireurs étaient de retour.

— C'est un labyrinthe ! Comment allons-nous les retrouver ?

Dinin réfléchit un instant, puis se tourna vers Masoj.

— Ils tiennent mon frère, dit-il, une idée germant dans son esprit. Où est ton félin ?

— Dans les environs, éluda le sorcier.

Il devinait ce que Dinin avait derrière la tête, et ne tenait pas à ce qu'on vole au secours de Drizzt.

— Appelle-le. Le félin va le retrouver.

— Je ne peux pas... Je veux dire..., bégaya Masoj.

— *Maintenant*, sorcier ! Ou veux-tu que j'explique au Conseil comment des gnomes se sont enfuis par ta faute ?

Le cœur battant, Masoj s'exécuta. L'élémental avait-il détruit Guenhwyvar ? La brume réapparut et se métamorphosa en panthère au corps puissant et compact.

— Va chercher Drizzt !

Guenhwyvar renifla l'air, puis partit d'un bond dans l'étroit tunnel, la patrouille sur sa piste.

*
* *

— Où... suis-je ? bégaya Drizzt, revenant péniblement à lui.

Il était assis, les mains liées.

On le tira rudement par les cheveux.

— Silence ! cracha Belwar.

Belwar rejoignit les autres, sur le point de fuir.

Ils conversèrent à voix basse, puis Belwar retourna près de Drizzt.

— Tu viens avec nous à Blingdenstone, dit-il dans un Drow hésitant.

— Ensuite ? demanda Drizzt.

— Le roi décidera. Si tu te tiens tranquille, je solliciterai sa clémence. (Drizzt eut un rire sarcastique) Si le roi ordonne ta mort, je ferai en sorte que ce soit d'un *seul* coup.

— Me penses-tu assez bête pour te croire ? Torture-moi et prends ton plaisir. Ce sont vos façons !

Belwar eut un rictus :

— Les Svirfneblins ne pratiquent pas la torture. Ce sont *les Drows* qui torturent ! (Il ajouta :) Un *seul* coup mortel.

Le gnome était sincère ; et pourtant si les rôles avaient été inversés, il n'aurait pas bénéficié de la même clémence. Intrigué, Drizzt voulut en savoir plus :

— Comment as-tu appris ma langue ?

— Nous ne sommes pas stupides, rétorqua Belwar.

Il ne voyait pas où son prisonnier voulait en venir.

— Pas plus que nous, mais je ne connais pas la tienne...

— Un Drow a vécu à Blingdenstone.

— Un esclave...

— Un invité. Nous ne pratiquons pas l'esclavage.

— Quel est ton nom ?

— Tu me crois stupide ? railla le gnome. Tu voudrais le connaître pour l'utiliser dans quelque noir sortilège !

— Non !

— Je devrais te tuer sans attendre, pour m'avoir cru

aussi niais ! gronda-t-il. (Drizzt s'agita nerveusement.) Mais mon offre demeure. Reste tranquille et je prierai le roi de te laisser partir. (N'y croyant pas plus que son captif, il proposa de nouveau une alternative presque aussi intéressante :) Ou un unique coup mortel.

— Belwar ! cria un gnome qui revenait précipitamment.

Prudent, Drizzt tourna la tête, comme s'il n'avait rien entendu. Il connaissait l'identité du chef qui l'avait épargné. *Belwar*, un nom qu'il n'oublierait jamais.

Des clameurs retentirent.

Les Drows !

Belwar beugla des ordres, organisant la retraite. Drizzt se demanda ce que le gnome allait faire de lui. Il n'espérait tout de même pas distancer une patrouille en traînant un prisonnier !

Le chef des gnomes cessa brutalement de parler, de bouger. *Trop* brutalement...

Les prêtresses attaquaient avec leurs sortilèges paralysants !

Belwar et un de ses compagnons étaient pris dans les rets d'un *dweomer*. Les autres tentèrent de fuir.

Les Drows, Guenhwyvar à leur tête, chargèrent. Le soulagement qu'éprouva Drizzt à revoir son ami vivant fut gâté par l'horreur du massacre qui suivit. Avec leur sauvagerie caractéristique, Dinin et ses troupes taillèrent en pièces les gnomes affolés.

Le carnage achevé, seuls restèrent les deux petits êtres paralysés.

Masoj apparut, pitoyable dans ses vêtements boueux. Sa panthère se tenait au côté du second fils Do'Urden.

— La chance t'a encore souri, fit Dinin, libérant son frère de ses liens.

Il lui tendit ses armes, puis ordonna qu'on exécute les gnomes paralysés.

Le sourire aux lèvres, un Drow tira son couteau et le brandit sous les yeux de sa victime.

— Peuvent-ils voir ? demanda-t-il à la grande prêtresse.

— C'est tout le sel de ce sortilège, répondit-elle. Le Svirfneblin comprend ce qui va arriver. En ce moment même, il lutte désespérément pour briser l'étau.

— Il nous faut des prisonniers ! cria Drizzt.

Tous se tournèrent vers lui.

— Pour la Maison Do'Urden..., proposa-t-il, plein d'espoir. Nous pourrions bénéficier de...

— Les Svirfneblins ne font pas de bons esclaves, objecta Dinin.

— Non, dit la grande prêtresse, se rangeant au côté du bourreau dépité.

Elle hocha la tête et le sourire de l'homme revint à la puissance dix.

Il porta un coup violent.

Ne restait plus que Belwar.

Le guerrier brandit sa lame souillée de sang sous son nez.

— Pas celui-là ! protesta Drizzt, incapable d'en supporter davantage. Laissez-le vivre !

Il aurait voulu dire que tuer un gnome sans défense était pure vilenie. Mais ç'aurait été gaspiller sa salive.

Dinin eut l'air exaspéré.

— Si tu le tues, aucun survivant ne pourra retourner avertir les autres de notre force, argumenta Drizzt. Il faut le renvoyer parmi les siens pour qu'il leur dise quelle folie ils ont commise en violant notre territoire !

Dinin interrogea du regard la grande prêtresse.

— Cela parait sensé, admit-elle.

Lui n'était pas certain des motivations de son jeune frère. Fixant Drizzt, il aboya un ordre au bourreau :

— Tranche-lui les mains.

Drizzt ne broncha pas ; s'il protestait encore, son frère assassinerait le gnome.

Le guerrier tira une lourde épée.

— Attends, dit Dinin. Qu'on le libère d'abord de la paralysie. Je veux l'entendre crier.

Plusieurs Drows pointèrent leur lame sur la nuque du gnome, qui ne fit pas le moindre geste.

Le guerrier empoigna son épée à deux mains ; Belwar, le brave Belwar, tendit les deux bras sans trembler.

Drizzt détourna les yeux.

Le Svirfneblin remarqua sa réaction. Etait-ce de la compassion ?

Le guerrier leva son épée. Le gnome ne quitta pas Drizzt des yeux quand la lame lui trancha les poignets.

Il ne cria pas. Il ne ferait pas cette joie à Dinin. Il jeta un dernier regard à Drizzt tandis qu'on le traînait hors de la grotte ; derrière une façade impavide, il lut sur le jeune visage une angoisse authentique.

Les elfes lancés à la poursuite des fuyards revinrent à cet instant, bredouilles.

Renvoyer un captif mutilé à Blingdenstone était une chose, laisser filer des rescapés indemnes en était une autre !

— Je veux qu'on les rattrape et qu'on les capture ! tonna Dinin.

— Guenhwyvar peut le faire, proclama Masoj, triomphant.

Il savait que Drizzt n'apprécierait pas cette tactique.

— Dinin, ils sont partis, fit remarquer ce dernier à son frère, presque implorant.

— Oui, partis en courant jusqu'à Blingdenstone, si on les laisse faire, dit Dinin, placide.

— Et reviendront-ils ?

La moue de son frère souligna ce que sa question avait d'absurde.

— Reviendrais-*tu* ?

— Notre tâche est donc achevée ! s'exclama Drizzt, anxieux de contrarier les ignobles desseins de Masoj.

— Nous avons gagné, admit Dinin, malgré de lourdes pertes. Mais l'animal de Masoj devrait nous procurer quelque divertissement...

— Va, Guenhwyvar, dit Masoj. Voyons à quelle vitesse peut courir un gnome terrorisé !

Quelques minutes plus tard, la panthère revint, un gnome mort dans la gueule.

— Rapporte-m'en plus ! ordonna Masoj au félin qui déposait le petit cadavre à ses pieds.

Drizzt sentit le cœur lui manquer. Dans les yeux de Guenhwyvar, il lut une insondable tristesse, semblable à la sienne. La panthère était un chasseur, aussi honorable à sa façon que Drizzt. Pour Masoj, elle était un jouet, l'instrument de ses plaisirs pervers, contrainte à tuer pour satisfaire le sadisme de son maître.

Entre les mains du sorcier, Guenhwyvar était un meurtrier.

Masoj avait raté une occasion de tuer le jeune Do'Urden. En attendant de se rattraper, il savourait les souffrances de Drizzt.

Les autres Drows guettaient le retour de Guenhwyvar, imaginant la terreur des gnomes devant un tueur aussi parfait. Ils se délectaient de l'humour macabre du moment - cet humour drow qui fait rire les elfes noirs là où pleurent tous les autres peuples du monde.

CINQUIÈME PARTIE

ZAKNAFEIN

Zaknafein Do'Urden : mentor, professeur, ami.
Moi, livré aux souffrances de mes frustrations...
Plus d'une fois j'ai nié tout cela. Ai-je trop demandé à Zak ? Ai-je attendu la perfection chez un esprit tourmenté ? L'ai-je jugé selon des critères trop élevés au vu de son expérience ?
J'aurais pu devenir comme lui, victime de la même rage impuissante, enseveli sous la malfaisance qui a fait de Menzoberranzan ce qu'elle est devenue.
Il semble logique que les erreurs de nos aînés soient pleines d'enseignement. C'est ce qui m'a sauvé, je pense. Sans l'exemple de Zaknafein, je n'aurais trouvé aucune solution.
Mon choix est-il meilleur que le sien ? Je crois, oui, même si trop souvent le désespoir me fait désirer la solution qu'il adopta. C'eût été plus facile. Mais la vérité ne souffre pas de compromis et les principes sont hypocrites si l'idéaliste est incapable de vivre selon ses propres valeurs.
Ma solution est donc meilleure.

Je me lamente pour mon peuple, pour moi et pour le maître à jamais perdu qui me montra comment - et pourquoi - recourir aux armes.

Il n'existe pas de douleur pire que celle-ci ; ni la coupure d'une dague ébréchée, ni le souffle enflammé d'un dragon. Rien ne brûle davantage le cœur que ce néant : avoir perdu quelqu'un avant d'avoir apprécié sa valeur. Souvent maintenant, je lève mon verre pour un toast porté à des oreilles qui ne peuvent plus m'entendre :

A Zak, celui qui m'a insufflé le courage.

Drizzt Do'Urden

CHAPITRE XXIV

CONNAÎTRE SES ENNEMIS

— Huit Drows morts, dont une prêtresse, rapporta Briza à Matrone Malice.

La fille aînée s'était précipitée, les nouvelles de l'expédition aux lèvres, laissant ses sœurs sur la place centrale de Menzoberranzan pour attendre d'autres informations.

— Mais une vingtaine de gnomes sont morts : la victoire est acquise ! ajouta-t-elle.

— Et tes frères ? demanda Malice. Comment la Maison Do'Urden s'est-elle comportée dans cette affaire ?

— Comme pour l'expédition à la surface : Dinin a tué cinq ennemis de sa main.

Matrone Malice s'épanouit à la nouvelle. Mais elle soupçonnait Briza, un sourire au coin des lèvres, de lui cacher quelque information moins rassurante.

— Et Drizzt ? s'impatienta-t-elle. Combien de Svirfneblins sont tombés sous ses coups ?

— Aucun, répondit Briza, taquine. Ce jour a pourtant été sa consécration ! Drizzt a vaincu un élémental ! Presque à lui seul ! La grande prêtresse de la patrouille le gratifie pleinement de cette victoire !

Surprise, Matrone Malice se détourna. Drizzt avait toujours été une énigme pour elle, plus habile arme au poing que n'importe qui, mais manquant de respect et de conviction. *Un élémental à présent !* Elle avait vu une fois un tel monstre massacrer une patrouille avant de passer son chemin. Et pourtant son énigmatique fils venait d'en vaincre un !

— Rassemble tes sœurs, ordonna Malice. Retrouvons-nous à la chapelle. Si la Maison Do'Urden est vraiment à l'honneur, la Reine Araignée nous fera peut-être la grâce de quelques informations.

— Vierna et Maya attendent des nouvelles sur la place de la cité, expliqua Briza, croyant qu'elle faisait allusion à la bataille. Nous connaîtrons toute l'histoire d'ici une heure.

— Je me *moque* d'une bataille contre des gnomes ! s'emporta Malice. Tu m'as rapporté l'essentiel. Monnayons maintenant les prouesses de ton frère !

— Pour connaître nos ennemis..., bafouilla Briza.

— Exactement. Pour découvrir leur identité. Si la Reine Araignée est satisfaite de nous, elle nous accordera cette faveur !

Peu de temps après, les quatre grandes prêtresses étaient réunies autour de l'idole araignée. Dans une coupe d'onyx brûlait l'encens dont les yochlols, les vestales de Lloth, appréciaient l'odeur écœurante.

La flamme passa par tout un éventail de couleurs avant de se métamorphoser. Une tête lisse et allongée, d'apparence cireuse, les fixa de ses yeux grotesquement larges.

— *Qui m'appelle* ? demanda l'entité par télépathie.

— Moi, répondit la Matrone à voix haute, prenant ses filles à témoin. Je suis Malice, loyale servante de la Reine Araignée.

Dans une bouffée de fumée, la yochlol disparut, laissant des braises incandescentes dans le bol. La vestale de Lloth réapparut un instant plus tard, grandeur nature ; elle se plaça derrière la Matrone et posa deux tentacules sur son épaule.

— Pourquoi oses-tu me déranger ?

— Pour poser une question, répondit Malice.

— La réponse t'intéresse-t-elle à ce point ? Les risques que tu cours sont terribles.

— Il est impératif que je sache la *vérité*.

— Si la réponse est si importante, tu ne crois pas que Lloth te l'aurait déjà donnée, si elle avait voulu ?

— Peut-être, mais jusqu'à ce jour, la Reine Araignée ne m'en a pas jugée digne. Les choses ont changé.

La vestale fit rouler ses longs yeux dans leurs orbites. Elle entrait en communication avec quelque plan lointain.

— Bienvenue, Matrone Malice Do'Urden, reprit-elle à voix haute, au bout de quelques instants tendus.

— Mes salutations à toi et à ta maîtresse, la Reine Araignée, répondit Malice.

Elle lança un sourire entendu à ses filles.

— Daermon N'a'shezbaernon a plu à Lloth. Les mâles de ton clan ont remporté la victoire. Je dois accepter l'invocation de Matrone Malice Do'Urden.

Les tentacules glissèrent de son épaule, et l'entité attendit ses ordres.

— Je suis heureuse d'avoir plu à la Reine Araignée, commença Malice, choisissant soigneusement ses paroles. Je demande, comme je l'ai dit, une réponse à ma question. Ma Maison est menacée, à en croire les rumeurs.

— Les rumeurs ? grinça la yochlol.

— J'ai foi en mes sources, dit Malice, sur la défensive. Sinon je n'aurais pas fait appel à toi.

— Continue. Il ne s'agit pas seulement de rumeurs, Matrone Malice Do'Urden. Un clan prépare la guerre contre vous.

— Nomme cette Maison, supplia Malice. Si Daermon N'a'shezbaernon a vraiment satisfait la Reine

Araignée aujourd'hui, alors je lui demande de me révéler le nom de nos ennemis.

— Et si cette Maison a plu à la Reine Araignée elle aussi ? Lloth devrait-elle la trahir ?

— Nos ennemis ont tous les avantages. Ils nous surveillent. Nous ne demandons qu'à égaliser les chances. Laisse-nous lutter à la loyale contre nos adversaires.

— Et si tes ennemis l'emportaient ? Matrone Malice implorerait-elle la déesse d'intervenir pour sauver sa pitoyable Maison ?

— Non ! s'écria Malice. Mais nous lutterions jusqu'à la mort ! Si nos ennemis sont les plus puissants, que Lloth soit assurée que la victoire leur coûtera *très très* cher !

La vestale fit de nouveau retraite en elle-même, pour contacter son plan natal. Malice saisit la main de Briza et de Vierna. Maya compléta le cercle.

— La Reine Araignée est satisfaite, reprit l'entité. Elle favorisera la Maison Do'Urden contre ses ennemis quand l'heure sera venue - peut-être...

Malice sursauta à l'ambiguïté de cette déclaration ; Lloth ne faisait *jamais* de promesses.

— Et ma question ?

Il y eut un éclair aveuglant. Quand il se dissipa, les prêtresses virent l'esprit malin les fixer de ses yeux malveillants, au fond de la coupe.

— La Reine Araignée ne donne pas de réponse qui soit *déjà* connue ! tonna la vestale.

La yochlol disparut dans une gerbe de flammes ; le bol éclata en milliers de morceaux.

— *Déjà connue* ? hurla Malice de rage. Connue de *qui* ? *Qui*, dans ma famille, me cache ce secret ?

— Peut-être celle qui sait ignore-t-elle qu'elle détient un secret, déclara Briza, tentant de calmer sa mère. Ou peut-être vient-elle de l'apprendre.

— *Elle* ? De qui parles-tu, Briza ? Nous sommes toutes là ! Une de mes filles serait-elle stupide à ce point ?

— Non, Matrone, s'écrièrent Maya et Vierna, terrifiées.

— Alors un de tes fils peut détenir la réponse, supposa Briza. Ou Zaknafein, ou peut-être Rizzen.

— Oui, intervint Vierna. Ce ne sont que des mâles, trop niais pour saisir l'importance de certaines choses.

— Drizzt et Dinin ont quitté la ville, ajouta Briza. Dans leur patrouille se trouvent les rejetons de puissantes familles, les seules qui oseraient nous menacer !

Les yeux luisants de haine, Malice se détendit un peu.

— Amenez-les-moi dès leur retour, ordonna-t-elle. Toute la famille doit être présente !

— Les cousins et les soldats aussi ? demanda Briza. Des membres éloignés de notre clan sauraient peut-être quelque chose.

— Devons-nous les convoquer aussi ? proposa Vierna, enthousiasmée. Une réunion générale de la Maison Do'Urden ?

— Non, répondit Malice, ni soldats, ni cousins. Je ne crois pas qu'ils aient quelque chose à voir avec tout cela ; la vestale aurait accédé à ma requête si un membre de notre clan n'avait déjà su la vérité. Je suis gênée d'avoir posé une question dont j'aurais dû connaître la réponse. (Elle cracha.) Et je n'aime pas être gênée !

*
* *

Epuisés et soulagés, Drizzt et Dinin arrivèrent peu après. Ils se heurtèrent presque aussitôt à Zaknafein.

— Ainsi le héros est *encore* de retour..., dit Zaknafein.

— Notre mission a été couronnée de succès, rétorqua Dinin.

— Je connais la nouvelle, assura Zak. La cité n'en finit pas de la raconter. Laisse-nous à présent, premier fils. J'ai des affaires à régler avec ton frère.

— Je prends congé quand je veux ! gronda Dinin.

— Je désire parler à Drizzt et à lui seul. Pars !

Dinin commit l'erreur de porter la main à la garde de son épée. Zak le souffleta à deux reprises, et pointa une dague sur sa gorge. Effaré, Drizzt crut que la dernière heure de son frère avait sonné.

— Pars, répéta Zak. Sur ta vie.

Dinin écarta les mains et s'éloigna.

— Matrone Malice entendra parler de ceci !

— C'est moi qui lui en parlerai, rit Zak. Tu t'imagines qu'elle se soucie de toi ? Pour elle, la hiérarchie des mâles est l'affaire des mâles. Va-t'en, fils aîné. Reviens quand tu auras trouvé le cran de m'affronter.

— Viens avec moi, frère, dit Dinin à Drizzt.

— Nous avons à faire, jeune héros, rappela Zak.

Drizzt les regarda tour à tour, stupéfait par leur désir réciproque de se sauter à la gorge.

— Je reste, décida-t-il. J'ai des affaires à régler avec le maître d'armes.

— Comme tu voudras, héros, cracha Dinin.

Il tourna les talons et partit en trombe.

— Tu viens de te faire un ennemi, remarqua Drizzt.

— Je m'en suis fait beaucoup, fit Zak, et ce n'est pas fini ! Mais peu importe. Tu as rendu jaloux ton frère aîné. C'est toi qui devrais te tenir sur tes gardes.

— Il te voue une haine dont il ne fait pas mystère...

— Mais ma mort ne lui rapporterait rien. Je ne constitue pas une menace à ses yeux, tandis que toi...

— En quoi pourrais-je le menacer ? Dinin n'a rien que je désire.

— Il a le pouvoir. Il est le fils aîné maintenant, mais il n'en a pas toujours été ainsi.

— Il a tué Nalfein, le frère que je n'ai jamais connu.

— Tu sais cela ? Dinin redoute peut-être qu'un

autre suive son exemple pour devenir le premier fils du clan.

— Assez, gronda Drizzt, exaspéré par ce stupide système de promotion sociale.

Comme tu le connais bien, Zaknafein. Combien d'hommes as-tu assassinés pour parvenir au rang que tu occupes ?

— Un élémental, reprit Zak avec un sifflement admiratif. C'est un puissant ennemi que tu as anéanti là. (Il fit une courbette manifestement ironique.) Qu'attend le jeune héros maintenant ? Un démon peut-être ? Un demi-dieu ? Sûrement, il n'est rien que...

— Jamais je n'avais entendu un tel flot d'idioties se déverser de ta bouche, rétorqua Drizzt, à son tour sarcastique. Aurais-je inspiré de la jalousie à quelqu'un d'autre qu'à mon frère ?

— De la jalousie ? s'écria Zak. Mouche ton nez, morveux ! Une douzaine d'élémentaux ont tâté de mon épée ! Des démons aussi ! Ne surestime pas tes faits d'armes ou tes capacités ! Tu es un guerrier dans une race de guerriers. Oublie-le et tu signes ton arrêt de mort !

« Pour l'heure, ta mère nous attend. Elle nous convoque tous à la chapelle. Mais ne crains rien, notre duel aura bien lieu. »

Drizzt partit sans mot dire ; leurs lames concluraient cet entretien.

Qu'était devenu Zaknafein ? Etait-il toujours le maître d'armes qui lui avait tout appris ? Les sentiments du jeune elfe étaient partagés : voyait-il son ancien mentor sous un jour différent après son séjour à l'Académie, ou Zak avait-il vraiment changé ?

Le claquement d'un fouet le tira de sa rêverie. Des éclats de voix...

— Je suis ton *géniteur* ! tonnait la voix de Rizzen.

— Aucune importance, répliqua une voix féminine - celle de Briza. (Drizzt alla se poster au coin du corridor pour épier la scène.) « Géniteur » ! Ça ne veut rien dire ! Seule ta semence a de l'importance. *Toi*, tu n'es rien.

— J'ai donné la vie à quatre enfants ! s'indigna-t-il.

— Trois, rectifia Briza, soulignant ses paroles d'un autre coup de fouet. Vierna est de Zaknafein ! Nalfein est mort, ce qui en laisse deux, dont une fille, qui t'est supérieure. Seul Dinin dépend de toi !

Drizzt frémit. Il avait toujours pensé que Rizzen n'était pas son père : l'époux actuel de Malice ne lui avait jamais manifesté aucune attention, que ce soit pour le tancer ou le féliciter, le conseiller ou le guider.

Mais dans ce cas, qui était son géniteur ?

Rizzen chercha une répartie cinglante aux mots blessants de Briza :

— Matrone Malice connaît-elle tes aspirations ? Sait-elle que sa fille aînée brigue sa position ?

— Toutes les filles aînées visent le titre de Matrone. Malice serait folle de l'ignorer. Elle ne l'est pas, je peux te l'assurer, et moi non plus. Je prendrai sa suite dès que l'âge l'affaiblira. Elle le sait et l'accepte.

— Tu reconnais que tu te prépares à la tuer ?

— Si ce n'est moi, ce sera Vierna, et sinon, Maya. C'est ainsi, mâle stupide. C'est l'univers de Lloth.

Fou de rage, Drizzt eut cependant la sagesse de ne pas se trahir.

— Briza n'attendra pas que l'âge affaiblisse sa mère, beugla Rizzen, pas quand une dague accélérerait les choses. Briza brûle de régner sur le clan !

Le reste de sa diatribe s'acheva dans des cris inarticulés tandis que le fouet s'abattait sur lui encore et encore.

Drizzt aurait voulu intervenir ; c'était hors de question, naturellement. Briza agissait en accord avec ses principes et son éducation ; elle suivait les enseignements de Lloth en dominant Rizzen.

Et si, dans sa frénésie, elle le tuait ? Au fond de son

cœur gagné par le néant, Drizzt se demanda s'il s'en souciait encore.

*
* *

— Tu l'as laissé filer ! hurla Matrone SiNafay. Tu vas apprendre à ne pas me décevoir !
— Non, Matrone, protesta Masoj. Je l'ai touché de plein fouet, un éclair magique ! Il n'a rien soupçonné ! Le monstre m'a emprisonné dans la roche. Mais je l'aurai ! Drizzt sera mort avant le dixième cycle de Narbondel, ainsi que tu l'as ordonné.
— Très bien, tue-le, Masoj Hun'ett. Frappe le premier contre la Maison Do'Urden.

Masoj prit congé avec une révérence.

Alton sortit de derrière une tenture et recourut au code gestuel pour plus de précaution.

— Tu as tout entendu ? demanda SiNafay. (Alton fit signe que oui.) Es-tu d'accord ? (Long silence embarrassé.) Non ?
— Je t'en prie, Mère Matrone, répondit Alton vivement. Je ne voudrais pas...
— Tu es pardonné, le rassura-t-elle. Moi-même, je ne suis pas sûre d'avoir bien agi en lui accordant une seconde chance. Trop de choses pourraient mal tourner.
— Alors pourquoi ? Tu ne m'as pas accordé de seconde chance, et pourtant je désire la mort de Drizzt Do'Urden plus que n'importe qui au monde.

SiNafay lui décocha un regard méprisant :
— Tu mets en doute mon jugement ?
— Non ! s'écria-t-il à haute voix, avant de tomber à genoux, terrorisé. Jamais, Matrone ! Je ne comprends pas le problème aussi clairement que toi. Pardonne mon ignorance.

Le rire de SiNafay rappelait les sifflements aigus de centaines de serpents en colère.

— Je ne lui ai pas donné de seconde chance. Masoj ne sera pas seul : tu vas le suivre, Alton DeVir. Veille sur lui et achève sa tâche. Ta vie en dépend.

Alton exulta à cette nouvelle ; il tenait enfin sa vengeance ! La menace de SiNafay ne l'inquiéta pas un instant.

*
* *

— Réfléchis ! gronda Malice, son souffle brûlant contre sa face. Tu sais quelque chose !

Nerveux, Drizzt recula. Agenouillé, Dinin se creusait les méninges, appréhendant les coups de fouet.

Malice gifla Drizzt.

— L'un de vous connaît l'identité de nos ennemis. En patrouillant, l'un de vous a vu un signe.

— Peut-être avons-nous vu quelque chose sans savoir de quoi il retournait, supposa Dinin.

— Silence ! hurla Malice, rouge de rage. Tu parleras quand tu sauras répondre ! Pas avant ! (Elle se tourna vers Briza :) Rafraîchis-lui la mémoire.

La tête entre les mains, tassé contre le sol, Dinin s'arc-bouta pour endurer la torture. Agir autrement ne servirait qu'à déchaîner les foudres de Malice.

Les yeux clos, Drizzt passait en revue ses souvenirs. Le claquement du fouet et les gémissements de son frère le firent sursauter.

— Masoj, chuchota-t-il, presque machinalement.

Il leva la tête vers Matrone Malice, qui fit signe à Briza d'arrêter - à la grande déception de cette dernière.

— Masoj Hun'ett, répéta-t-il plus fort. Durant la bataille contre les gnomes, il a tenté de me tuer. (Toute la famille se pencha vers lui, suspendue à ses lèvres.) Quand j'ai combattu l'élémental, Masoj Hun'ett m'a lancé un éclair magique.

— Peut-être visait-il le monstre, intervint Vierna. Il a prétendu avoir tué l'élémental, une affirmation démentie par la grande prêtresse.

— Masoj attendait, répliqua Drizzt. Il n'a rien fait tant que j'avais le dessous. Quand la chance a tourné, il m'a attaqué, espérant me détruire en même temps que l'élémental.

— La Maison Hun'ett, murmura Malice.

— La cinquième Maison, observa Briza. Sous la tutelle de Matrone SiNafay.

— Voilà donc notre ennemi, dit Malice.

— Peut-être pas, intervint Dinin, malgré sa peur. Masoj Hun'ett était furieux d'avoir été exclu du raid à la surface. Il a assisté à notre retour triomphal. Beaucoup sont jaloux de Drizzt et voudraient le voir mort.

— Es-tu certain ? demanda Malice.

— Il y a aussi le félin, dit Dinin. L'animal magique du sorcier préfère la compagnie de Drizzt à la sienne.

— C'est toi-même qui as ordonné que Guenhwyvar m'accompagne ! protesta Drizzt.

— Masoj n'aime pas plus ça pour autant.

Voilà pourquoi tu l'as fait, songea Drizzt. Voyait-il des conspirations là où il n'y avait que coïncidences ? Ou n'était-il entouré que de machinations et de luttes pour le pouvoir ?

— Es-tu certain ? répéta Malice.

— Masoj Hun'ett a tenté de me tuer, affirma Drizzt. J'ignore ses raisons, mais ses intentions étaient parfaitement claires !

— Nous devons en savoir plus. Qu'on envoie des espions ! Je veux connaître le nombre de leurs soldats, de leurs sorciers et surtout de leurs prêtresses.

— La yochlol a dit que l'un de nous connaissait l'identité de nos ennemis, dit Vierna. Tout ce que nous avons, c'est ce que raconte Drizzt.

— Cacherais-tu quelque chose ? gronda Matrone Malice à Drizzt, qui blêmit.

Il fit non de la tête et baissa les yeux.

— Prépare une communion, ordonna Malice à Briza. Voyons de quel œil la déesse considère notre ennemie.

Drizzt assista aux préparatifs avec stupéfaction. Ce n'était pas la précision de la stratégie qui le laissait pantois - il n'en attendait pas moins de son clan. C'était la lueur avide qu'il repérait dans tous les regards.

CHAPITRE XXV

LES MAÎTRES D'ARMES

— Impudente ! tonna la yochlol, les tentacules de nouveau posés sur l'épaule de la Matrone. Tu oses me convoquer encore ?

Malice et ses filles luttèrent contre un sentiment de panique ; la vestale de Lloth était *vraiment* furieuse.

— La Maison Do'Urden a plu à la Reine Araignée, c'est vrai, répondit l'entité à leur question muette. Mais ne crois pas que tout est pardonné, Matrone Malice Do'Urden !

Comme elle se sentait petite et vulnérable face à la colère d'une vestale de Lloth !

— De quoi parles-tu ?

Le rire démoniaque provoqua un retour de flammes, et projeta une gerbe d'araignées sur les grandes prêtresses. Stoïques, elles endurèrent l'ignoble contact.

— Je te l'ai *déjà* dit, Matrone Malice Do'Urden, gronda l'entité. Je te le redis pour la dernière fois : la Reine Araignée ne répond pas quand les réponses sont déjà connues !

La vestale disparut dans une explosion d'énergie qui ébranla les quatre officiantes.

La première rétablie, Briza se précipita sur le foyer pour étouffer les flammes et refermer le portail sur l'Abysse, le plan d'existence de la yochlol.

— *Qui* ? s'écria Malice. Qui a provoqué la colère de Lloth ?

L'avertissement de la yochlol prenait un tour sinistre : la Maison allait affronter un puissant ennemi. Sans la faveur de Lloth, c'en était fait des Do'Urden.

Ses filles étaient toutes grandes prêtresses. Aucune n'était responsable de la disgrâce. Sinon, l'entité les aurait immédiatement tuées. A elle seule, la yochlol pouvait anéantir le clan.

Malice ordonna à ses deux cadettes de partir. Elle leur recommanda de ne souffler mot de ce qu'elles avaient appris.

Elle recourut ensuite à la coupe de clairevision, un objet en or serti de perles noires.

Calice oint en main, Malice entonna le chant rituel :
— *Spiderae aught icor ven.*

Elle versa un liquide gluant dans la coupe d'or et s'assit avec sa fille pour regarder.

*
* *

Drizzt n'était plus revenu dans la salle d'entraînement depuis dix ans. Mais jamais il n'avait oublié la période de joie et d'innocence qu'il avait connue en étudiant avec Zaknafein.

Zak apparut, l'air renfrogné, comme il était désormais habituel.

— Qu'est-ce qui a changé, Zaknafein ? murmura Drizzt. Toi, mes souvenirs ou ma perception des choses ?

Zak ne parut pas avoir entendu.

— Ah, le jeune héros est de retour, dit-il, le guerrier aux exploits extraordinaires.

Il n'y aurait pas de règles à ce combat, comprit

Drizzt.

Zak lança une première offensive, qu'il contra automatiquement.

Le maître d'armes donna libre cours à sa rage, comme si le premier estoc avait libéré ce qui pesait sur son cœur.

— Le grand guerrier qui a égorgé une fillette ! Qui l'a dépecée vivante pour assouvir sa soif de sang !

L'accusation claqua comme un fouet. Ses réflexes de guerrier chevronné sauvèrent Drizzt ; son cimeterre para.

— Assassin ! gronda Zak. Ses cris d'agonie t'ont-ils plu ?

Il fondit sur son ancien élève dans un tourbillon de moulinets mortels.

Rendu furieux par l'hypocrisie de son accusateur, Drizzt se mit à hurler de colère, pour libérer lui aussi ses émotions.

Les passes d'armes qui suivirent furent à couper le souffle. Ombre-Terre n'avait jamais vu pareil combat.

Des gouttes de sang perlèrent à la pointe des lames mais les deux combattants ne sentaient rien.

Drizzt eut une idée.

Il feinta, invitant l'attaque. Après quelques passes assez hautes, Zak lança la botte qui avait toujours eu raison de son génial élève.

Drizzt exécuta la parade attendue, ses lames croisées au sol ; Zak devina qu'il lui préparait un nouveau coup tordu.

— Bourreau d'enfant !

Rassemblant toute la colère de ses jeunes années, et toutes ses désillusions, Drizzt les focalisa sur Zak. Cet air suffisant, ces sourires de façade, cette extase devant le sang versé...

Entre les pommeaux en croix, Drizzt lança un coup de pied, libérant toute sa haine.

Le nez de Zak s'aplatit. Ses yeux roulèrent dans leurs orbites, le sang ruissela sur ses joues hâves. Il vacilla ; le jeune guerrier allait lui sauter dessus et l'achever...

— Et toi, Zaknafein Do'Urden ? l'entendit-il crier dans un brouillard. J'ai entendu parler des exploits du maître d'armes de la maison ! A quel point il se complait à verser le sang ! A quel point le meurtre lui est naturel... Le meurtre te plaît-il tant ?

Zak, qui reprenait conscience, para à la dernière seconde le coup destiné à le clouer au sol. Il frappa Drizzt du pied à l'entrejambe.

Plié de douleur, Drizzt recula ; Zak se releva.

— Tuer t'apporte-t-il du plaisir ? gémit Drizzt.

— De la satisfaction, rectifia Zak. Je tue. Oui, je tue.

— Tu apprends aux autres à tuer !

— A tuer des Drows ! tonna-t-il, se mettant à nouveau en garde. Crois-tu que ta mère me laisserait vivre si je ne servais pas ses noirs desseins ? Elle me hait. Es-tu aveugle au point de ne pas voir le mal autour de toi ? Ou t'a-t-il consumé comme nous, dans cette frénésie qu'on appelle vivre ?

— La *frénésie* qui t'habite ?

Si Zak était sincère, le seul crime dont on pouvait encore l'accuser était la lâcheté.

— Aucune frénésie ne m'habite, se défendit-il. Je mène ma vie de mon mieux. Je survis dans un monde qui n'est pas le mien, qui n'est pas celui de mon cœur. (Ses accents touchèrent une corde sensible chez Drizzt.) Je tue au service de Matrone Malice - pour assouvir la rage et la frustration qui hantent mon âme. Quand j'entends les enfants hurler....

Il plongea sans crier gare, toute sa furie revenue.

Drizzt ne parvint pas à bloquer l'assaut, et finit acculé contre un mur, une lame pointée sur la gorge.

— L'enfant vit ! bafouilla-t-il. Je jure que je n'ai pas tué la fillette !

Zak parut n'en pas croire un mot.

— Dinin s'est trompé ! ajouta Drizzt vivement. Je

l'ai abusé : j'ai projeté la gamine à terre pour l'épargner, et je l'ai barbouillée du sang de sa mère pour masquer ma ruse !

Abasourdi, Zak recula.

— Je n'ai tué aucun elfe ce jour-là, jura Drizzt. Les seuls que j'aurais voulu tuer étaient mes compagnons !

*
* *

— Alors maintenant nous savons, dit Briza, qui assistait à la confrontation entre le père et le fils grâce à la coupe de clairevision. Drizzt est celui qui a attiré le courroux de Lloth sur notre clan.

— Nous le soupçonnions toutes deux, répondit Matrone Malice, pour des raisons différentes.

— Il promettait tant ! se lamenta Briza. J'avais espéré qu'il remplacerait Zak, qui commence à se faire vieux.

— Nous sommes sur le point de livrer une guerre, ma fille, lui rappela Malice. Il faut apaiser Lloth. Ton frère a choisi son destin.

— Il a fait le mauvais choix.

*
* *

Les mots secouèrent davantage Zak que le coup de botte en plein visage. Il lança son arme à l'autre bout de la salle et se précipita sur son fils pour l'étreindre avec une force inouïe.

— Tu as survécu ! bafouilla-t-il d'une voix brouillée par les larmes. Survécu à l'Académie, là où tous les autres sont morts !

Hésitant, Drizzt lui rendit son étreinte, ne comprenant pas encore l'intensité de son allégresse.

— Mon fils !

Drizzt manqua s'évanouir, bouleversé par cette révélation : *il n'était plus seul* !

— Pourquoi ? demanda-t-il en se dégageant pour lui faire face. Pourquoi es-tu resté..., père ?

— Où serais-je allé ? Même un maître d'armes ne survivrait pas longtemps dans les grottes d'Ombre-Terre ! Trop de monstres sont avides de sang drow.

— Tu avais sûrement d'autres possibilités ?

— La surface ? Pour affronter chaque jour cette fournaise ? Non, mon fils, je suis captif ici, comme toi.

Drizzt avait redouté cette réponse. Peut-être n'y avait-il aucune solution à leur dilemme.

— Tu t'en tireras très bien à Menzoberranzan, le rassura Zak. Tu es fort, et Matrone Malice te trouvera une place adaptée à tes talents.

— Pour vivre une vie d'assassin comme toi ? s'insurgea Drizzt.

— Quel choix avons-nous ?

— Je ne tuerai pas de Drow.

— Oh si, répliqua Zak. A Menzoberranzan, tu dois tuer ou être tué. (Drizzt détourna la tête.) Ainsi va notre monde. Tu as donné le change jusqu'ici, mais ça ne durera pas. (Il lui agrippa le menton pour le forcer à le regarder.) Je voudrais qu'il en soit autrement. Mais ça pourrait être pire. Après tout, j'arrache mes victimes à une vie mauvaise ; en les tuant, je les délivre. S'ils adorent tant leur déesse, eh bien, qu'ils aillent la rejoindre dans son royaume !

« Ce sont les enfants qui me hantent. Naissent-ils malveillants, ou est-ce le poids de ce monde qui les écrase ? »

— C'est Lloth qui fait d'eux des monstres.

Ils se turent, méditant sur leur désarroi respectif.

— Lloth, reprit Zak, quelle reine perverse ! Je donnerais cher pour avoir une chance de combattre cette face hideuse !

— Je le croirais presque..., murmura Drizzt.

— Comment, un fils qui doute de la parole de son père ? s'esclaffa Zak.

Ils rirent ensemble.

Le duel était terminé.

CHAPITRE XXVI

LE PÊCHEUR D'OMBRE-TERRE

De stalagmites en stalagmites, sous les points lumineux qui constellaient la voûte, Drizzt déambulait en ville. Matrone Malice avait ordonné que tous restent dans la Maison. Mais il était trop bouleversé pour obéir. Il devait réfléchir. Retourner des pensées impies dans sa tête pouvait s'avérer périlleux dans une maison fourmillant de prêtresses aux pouvoirs télépathiques.

A cette heure matinale, la plupart des habitants étaient encore au lit. Le silence de la ville commençait à lui porter sur les nerfs. Où méditer en paix ? Il devait passer outre les lois et s'aventurer hors de la ville, dans les tunnels qu'il connaissait maintenant à la perfection.

Une heure plus tard, il marchait toujours, perdu dans ses pensées. Il parvint à une galerie de dimensions imposantes. Il envisageait l'avenir avec ce père à qui l'unissaient des liens plus forts que ceux du sang. Ensemble, ils braveraient le monde, duo de maîtres d'armes liés par le cœur et par l'acier.

Mais s'il ne voulait pas devenir comme lui, vivre pour tuer, survivre dans un cocon de violence protectrice...

Quel choix avait-il ?

Où pouvait se réfugier un elfe drow ? Nulle part dans les Royaumes n'existait d'asile pour ceux de sa race.

Adossé au mur, désespéré, il lui fallut un moment avant de s'apercevoir qu'il y avait autre chose que de la pierre dans son dos.

Ses efforts pour se dégager n'eurent aucun résultat. Il leva les mains derrière la nuque, et elles furent happées par un cordon translucide. Il sut qu'il était fait comme un rat : rien ne le libérerait de la ligne d'un pêcheur de caverne. Il se traita de tous les noms pendant qu'il était soulevé du sol, impuissant. Ses cimeterres, dans leur fourreau, restaient inaccessibles.

Le pêcheur le hissait le long de la paroi jusqu'à sa gueule béante.

*
* *

Masoj Hun'ett sourit, heureux, en voyant Drizzt se diriger hors de Menzoberranzan. Le temps lui était compté ; un second échec ne serait pas pardonné. Sa patience finissait par trouver récompense. Drizzt était seul, il n'y aurait pas de témoin.

Trop facile !

Avec empressement, il sortit sa figurine d'onyx et appela Guenhwyvar :

— Ton compagnon est parti patrouiller. Il est tout seul. C'est très dangereux.

Le félin dressa l'oreille, très intéressé.

— Drizzt ne devrait pas être là-bas tout seul. Il pourrait se faire tuer. (Les inflexions malveillantes alertèrent l'intelligent animal.) Va le retrouver, brave serviteur. Déniche-le dans les ténèbres et tue-le !

Il scruta les réactions de la panthère, terrifiée par cet ordre.

— Va ! Tu ne peux pas me désobéir ! Je suis ton maître, stupide animal !

Guenhwyvar résista un long moment. Ce fut héroïque mais vain. Finalement gagné par les instincts primitifs de la chasse, le félin s'élança entre les statues enchantées qui gardaient les abords de Menzoberranzan.

Il trouva aisément la piste de Drizzt.

*
* *

Alton DeVir se tapit derrière la plus imposante stalagmite, déçu de la tactique adoptée par son acolyte. Masoj laissait son félin faire le sale boulot à sa place ; quel gâchis !

Il se consola en pensant que le bâton de sorcier remis par Matrone SiNafay lui servirait contre le reste de la famille Do'Urden...

*
* *

Drizzt se débattait, cherchant à s'opposer à la traction du pêcheur même s'il savait que sa résistance était inutile.

A dix mètres du sol, une épaule en sang, l'autre meurtrie, il cessa de lutter. Il aurait peut-être une chance une fois parvenu devant le monstre à l'allure de crabe.

La mort était peut-être préférable à une vie parmi les Drows, ses frères. Même Zaknafein, si sage et si fort, n'avait jamais pu s'adapter à leur société.

Il était assez près maintenant pour entendre le cliquetis des huit pattes du monstre ; deux se terminaient en pinces pour mieux saisir leurs proies.

Au bord de l'antre, il vit la longue trompe passer à quelques centimètres de son visage, et les pinces surgir pour l'attraper. Il ferma les yeux, prêt à mourir.

Un feulement féroce le ramena à la raison.

Bondissant de saillie en saillie, la panthère arrivait sur eux. Les secondes suivantes allaient être décisives.

Voyant Drizzt sur le point de mourir, Guenhwyvar trouva en lui une détermination dont il n'avait jamais eu conscience. Cet instant de lucidité insuffla à la créature magique une force qui lui permit de transcender sa condition.

Quand Drizzt rouvrit les yeux, la bataille faisait rage. Une boule furieuse avait bondi sur le monstre, toutes griffes dehors.

Le pêcheur balaya l'air de ses pinces, qu'il maniait avec une surprenante agilité ; il happa une patte de la panthère.

Les pinces cisaillèrent la chair du félin, mais son sang n'était pas le seul fluide à maculer le sol. Ses griffes arrachèrent des morceaux de carapace ; ses crocs s'enfoncèrent dans la chair mise à vif. Le fluide vital éclaboussa les parois de la grotte ; les pattes du monstre glissèrent.

Le pêcheur bascula, projetant le félin en arrière ; ce dernier se rétablit et chercha à déjouer la mortelle danse des pinces.

Drizzt parvint à se libérer une main, qu'il porta aussitôt à son cimeterre. Il bondit sur la corniche et attaqua. Guenhwyvar se rua de nouveau sur la plaie qu'il venait de fouailler de ses crocs, atteignant cette fois des organes vitaux. C'en était fini du monstre-crabe.

Quand l'elfe noir voulut approcher de la panthère, elle se mit à grogner, les oreilles aplaties, la queue fouettant l'air.

L'ordre de Masoj reprenait le dessus, faisant battre son cœur. Elle luttait contre ses instincts...

— Qu'est-ce qui ne va pas, mon ami ? Tu ne me

reconnais pas ? Combien de batailles avons-nous livrées côte à côte ?

Guenhwyvar se ramassa sur lui-même, prêt à bondir. Drizzt maîtrisa ses impulsions, et ne fit aucun geste menaçant. Il comprit soudain :

— Masoj t'a envoyé me tuer ! Tu m'as sauvé, tu as lutté contre cet ordre !

La bête feula puis recula, en proie à un dilemme qui la dépassait.

— Tu aurais pu laisser le pêcheur me tuer à ta place ; tu ne l'as pas fait ! Combats tes instincts meurtriers, Guenhwyvar ! Souviens-toi que je suis ton ami, bien plus que Masoj Hun'ett ! (Les oreilles se redressèrent ; Drizzt était en train de gagner la partie.) Masoj prétend être ton maître ; moi, je suis ton ami. (Il écarta les bras, la poitrine offerte.) Même au risque de ma vie !

La panthère ne frappa pas. L'émotion l'emporta sur la magie. Elle se dressa sur ses pattes arrière, et déséquilibra le guerrier pour jouer avec lui, comme aux premiers jours de leur amitié.

Les deux amis avaient gagné.

Pas tout à fait.

Guenhwyvar était encore soumis à un maître qui le contraignait à mener la vie que Drizzt ne supportait plus.

Pour la première fois de sa vie il sut clairement quelle route menait à la liberté.

Où aller quand on était un elfe drow ?

— Conduis-moi à ton maître, dit-il à la panthère. A ton *faux* maître.

CHAPITRE XXVII

RÊVES PAISIBLES

Zaknafein dormait d'un sommeil serein, le premier depuis longtemps. Une multitude de rêves vinrent le visiter, tous agréables ; il était libéré du mensonge qui avait assombri sa vie.

Drizzt avait survécu ! Même la redoutable Académie de Menzoberranzan n'avait pu avoir raison de son esprit indomptable et de son sens moral. Lui, Zak, n'était plus seul. Drizzt et lui combattraient ensemble.

Une douleur fulgurante le réveilla : Briza, fouet en main, était au pied de son lit. Vierna et Maya l'accompagnaient.

Rien ni personne, jusqu'ici, n'avait réussi à le surprendre, éveillé ou endormi.

A Menzoberranzan, il était dangereux de rêver.

Elles l'escortèrent jusqu'à Matrone Malice.

— Pourquoi suis-je convoqué à cette heure de la nuit ? Est-il sage d'offrir à la Maison Hun'ett l'avantage d'un maître d'armes tombant de sommeil ?

— Drizzt a disparu, gronda Malice.

La nouvelle frappa Zak de plein fouet.

— Il est parti malgré mes ordres.

— Un garçon fougueux, reprit Zak, soulagé qu'il ne s'agisse que de cela. Il sera bientôt de retour. Quel besoin y avait-il de prendre des mesures aussi extrêmes ?

— Comme c'est bien de lui..., laissa tomber Malice. A l'instar d'un autre mâle de ma connaissance...

Zak s'inclina, prenant la remarque comme un compliment. Malice avait déjà décidé son châtiment. A présent, ses actions étaient sans conséquence.

— Le garçon a offusqué la Reine Araignée ! s'emporta Malice. Même toi, tu n'as pas eu cette folie !

Zak se renfrogna. Les choses tournaient mal ; la vie de Drizzt était en jeu.

Malice s'épanouit, heureuse d'avoir trouvé son point faible.

— L'enfant elfe vit ! Ne feins pas l'ignorance, Zaknafein ! Nous sommes sur le pied de guerre, nous n'avons plus la faveur de Lloth, et il nous faut changer ça. Tu connais nos croyances...

Il acquiesça, piégé. Ses protestations ne feraient qu'aggraver la situation.

— Dois-je le punir ? Je ne le fouetterai pas, ce n'est pas de mon ressort.

— Son châtiment ne te concerne en rien.

— Alors pourquoi perturber mon sommeil ?

— J'ai cru que tu aimerais être tenu au courant. Drizzt et toi êtes devenus si proches. Le père et le fils. Que c'est touchant !

Elle avait tout vu ! Elle et cette misérable dépravée de Briza avaient tout vu ! Il était l'une des causes de ce qui arrivait à Drizzt.

— Une enfant vit, déclara Malice, détachant à plaisir chaque mot. Et un elfe noir doit mourir.

— Non ! s'écria Zak. Il est jeune, il ne comprend pas l'importance de...

— Il savait exactement ce qu'il faisait ! hurla Malice. Il ne regrette rien ! Il te ressemble tant, Zaknafein ! *Bien trop.*

— Il peut apprendre. Je n'ai pas été un fardeau pour toi, Mal...

— Matrone Malice ! tonna Briza.

— Matrone Malice... Drizzt n'est pas moins doué que moi. Il peut être un atout pour la Maison.

— Il est dangereux pour nous, rectifia Malice.

— Sa mort servira la cause de nos ennemis, l'avertit Zak.

— La Reine Araignée exige son exécution. Sa colère doit être apaisée si Daermon N'a'shezbaernon veut avoir une chance de victoire.

— Je t'en supplie, ne tue pas ce garçon.

— De la compassion ? De la part d'un guerrier drow ? Que se passe-t-il ?

— Je suis vieux, Malice.

— Matrone Malice ! coupa de nouveau Briza.

Il lui décocha un regard si glacial qu'elle baissa son fouet.

— Je ne vois aucune alternative, dit la Matrone.

Zak comprit : il n'avait jamais vraiment été question de Drizzt.

— Prenez ma vie à la place de la sienne.

Malice ne put dissimuler un sourire de satisfaction.

— Tu es un guerrier confirmé. On ne peut sous-estimer ta valeur.

— Drizzt me remplacera. Il est mon égal. Il me surpassera même, avec l'âge.

Il espérait que le jeune elfe saurait survivre aux machinations qui jalonneraient sa route.

— Tu veux vraiment ce sacrifice ? Quel imbécile !

— Je suis prêt. Tu sais que Drizzt en ferait autant pour moi.

— Il est jeune. Il apprendra.

— Comme *tu* m'as appris ?

— Je t'avertis, Zaknafein, répliqua-t-elle, furieuse, si tu fais quoi que ce soit pour saboter le rituel et défier une dernière fois la déesse, c'est Drizzt que je livrerai à Briza pour qu'elle le sacrifie à Lloth !

Sans peur, tête haute, il répondit :

— Je me suis offert, Malice. Amuse-toi tant que tu le peux. A la fin, Zaknafein reposera en paix ; Matrone Malice Do'Urden sera toujours en guerre !

Tremblante de rage, comme si ces mots lui avaient volé son triomphe, Malice donna l'ordre de l'arrêter.

Il n'offrit aucune résistance tandis que Vierna et Maya l'attachaient à l'autel. Il remarqua de la tristesse au fond des yeux de Vierna.

Matrone Malice revint, en robe noire de cérémonie. Briza portait un coffret sacré.

Zak ne prêta aucune attention aux chants rituels.

— Ecrase-les tous, mon fils, murmura-t-il. Ne te contente pas de survivre, comme moi. *Vis* ! Sois fidèle aux élans de ton cœur !

Les braseros s'enflammèrent ; le contact avait été établi avec le plan plus sombre.

Zak continua sa prière sans écouter l'offrande de Malice aux démons.

La dague en forme d'arachnide planait sur sa poitrine. Malice la serrait avec force.

La scène était surréaliste.

Comme le passage de la vie à la mort.

CHAPITRE XXVIII

LE PROPRIÉTAIRE LÉGITIME

Combien de temps s'était écoulé ? Une heure ? Deux ? Le félin aurait dû être de retour. Masoj exulta en le voyant réapparaître, sa robe noire maculée de sang.

Une joie de courte durée.

Drizzt, suivait le félin, les mains sur la garde de ses cimeterres.

— Je comprends tout, dit-il. La Maison Hun'ett et la Maison Do'Urden vont se livrer bataille.

— Comment as-tu su ? bafouilla Masoj.

— J'en sais long et je n'en ai cure. J'ignore quelles raisons ont les Hun'ett d'attaquer.

— Pour venger la Maison DeVir ! dit une autre voix.

Alton.

Masoj sourit. Comme le vent tournait vite à leur avantage !

— La Maison Hun'ett n'a que faire du sort de la Maison DeVir, répondit Drizzt. Le destin d'un clan n'intéresse personne d'autre que lui.

— Ça m'intéresse, moi ! répliqua Alton, ôtant son

capuchon pour dévoiler sa face vitriolée. Je suis Alton DeVir, l'unique survivant de mon clan ! La Maison Do'Urden va payer pour ses crimes, à commencer par toi !

— J'étais à peine né quand ce raid a eu lieu, objecta Drizzt.

— Aucune importance ! gronda Alton. Tu es un Do'Urden. Voilà ce qui compte.

Masoj jeta la figurine à terre et ordonna au félin de repartir. Il regarda Drizzt, qui hocha la tête.

— La panthère ne t'appartient pas, dit-il.

— A qui appartient-elle, alors ? A toi ?

— Guenhwyvar n'a pas de maître. Je pensais qu'un sorcier avait une meilleure compréhension de la magie.

L'animal disparut d'un bond, dans une volute noire, pour arpenter de nouveau les couloirs de son plan d'existence astral. Pour la première fois, ce n'était plus un refuge ; la bête aurait voulu faire demi-tour à chaque pas.

— Masoj, dit Drizzt, je te propose un marché.

Intrigué, Masoj stoppa l'attaque qu'Alton se préparait à porter.

— Tu es disposé à trahir ta famille ?

— Sûrement pas. Comme je vous l'ai dit, ce conflit m'indiffère. Que les Do'Urden et les Hun'ett se damnent à jamais, comme ce sera le cas de toute manière ! Mes raisons sont personnelles. Je vous offre vos vies.

Alton et Masoj éclatèrent d'un rire nerveux.

— Donne-moi la figurine, Masoj. Le félin ne t'a jamais appartenu ; il ne t'obéira plus. En échange, je quitterai la Maison Do'Urden et je ne prendrai aucune part à la bataille.

— Les morts ne se battent pas, railla Alton.

— Silence ! hurla Masoj. Le félin est à moi ! Je n'ai nul besoin de pactiser avec un Do'Urden ! Tu es un elfe mort, pauvre imbécile, et les tiens vont te suivre dans la tombe !

Drizzt tira ses cimeterres. Il n'avait jamais combattu de sorciers ; mais il se souvenait avec vivacité des souffrances infligées par leurs sorts.

C'est alors que Guenhwyvar surgit et réduisit à néant les préparatifs magiques de Masoj.

Si Alton restait hors de portée du guerrier, il ne put pas échapper au félin.

Le maître de Sorcere lança un éclair contre le poitrail de la bête. Celà ne suffit pas à briser son élan. Bien qu'assommée, elle le percuta et lui fit perdre l'équilibre.

Egalement étourdi, Drizzt continua à poursuivre Masoj, qu'il débusqua derrière une autre stalagmite, occupé à lancer un second sortilège. Il plongea...

... Sur une illusion !

Il s'écrasa contre la roche et roula de côté, désespéré, sachant que l'attaque était imminente.

A dix mètres de là, Masoj ne prit aucun risque. Il lança une volée de flèches magiques qui détectèrent leur cible sans faillir.

Blessé, Drizzt parvint à se relever. Il savait maintenant où était le véritable Masoj.

Le sorcier le regarda approcher, un sourire mauvais aux lèvres. Il brûlait de porter le coup de grâce.

Face contre terre, Alton sentit son sang couler par les orbites en lambeaux qu'étaient ses yeux. Il se releva. Son bâton avait été cassé en deux. Fébrilement, il tenta de le réparer. Au moment où Guenhwyvar bondissait de nouveau, le bâton explosa.

La boule de feu monta dans la nuit éternelle de Menzoberranzan.

Le dernier DeVir n'était plus.

Fou de rage, Drizzt vit Masoj se mettre à léviter. Il se maîtrisa, tous les sens aux aguets. Il entendit un chant au-dessus de lui, fit mine de plonger à gauche, comme s'y attendait Masoj, et évita l'éclair au dernier instant. Le dépit du sorcier se mua en terreur face au ballet du guerrier, qui sautait de stalagmite en stalagmite à une vitesse sidérante.

Drizzt était en transe, à peine conscient de la hauteur à laquelle il évoluait.

Guenhwyvar avait disparu !

Le sorcier en était la cause. Une autre volée d'éclairs le frôla sans l'atteindre. Drizzt ignora les protestations de ses muscles mis à rude épreuve.

Masoj recula d'instinct quand les yeux lavande le transpercèrent de leur haine.

S'il avait vu le guerrier dans cet état, jamais il n'aurait accepté d'attenter à sa vie.

Il aurait plutôt signifié à Matrone SiNafay de s'en charger elle-même !

Drizzt plongea son cimeterre dans les côtes du sorcier.

*
* *

Luttant contre la peur qui lui étreignait le cœur, Drizzt alla examiner le désastre.

Alton DeVir n'était plus qu'une immonde bouillie.

— As-tu trouvé la paix, Sans Visage ? murmura-t-il. Combien de temps as-tu vécu avec la haine au ventre ?

Il scruta les décombres ; nulle trace de la panthère. Il retrouva la figurine derrière une autre stalagmite, non loin de là. Il n'osa pas tenter d'appeler son ami, surtout s'il était blessée. Il empocha la statuette d'onyx, espérant que le félin avait survécu.

CHAPITRE XXIX

SEUL

Drizzt contourna les restes de Masoj. Il ne pouvait se défendre d'un certain sentiment de culpabilité.

La spirale de la violence l'entraînerait-elle comme Zaknafein ?

— Plus jamais, jura-t-il devant la dépouille, plus jamais je ne tuerai un elfe.

Dégoûté, il se tourna vers la sombre cité où il ne survivrait pas longtemps s'il tenait cette promesse.

Il se mit en marche, pensant à la myriade de possibilités qui s'offraient à lui. Dans la nuit éternelle de la ville, le « jour » était encore plus dangereux. Il devait rester sur ses gardes.

Il parvint à destination sans encombre.

Un calme étrange régnait dans la Maison Do'Urden. Drizzt se rendit dans la salle d'entraînement. Mais que proposer à Zaknafein ? Partir ensemble ? Pourquoi Zak accepterait-il aujourd'hui une vie aussi périlleuse, alors qu'il avait eu des siècles pour s'y décider ?

Quand il entra, il sentit un vide inhabituel dans la grande salle. Il se précipita vers les appartements du maître d'armes, et ne s'étonna guère de trouver le lit vide. Il vit l'épée de son maître, posée sur une chaise.

Jamais Zak ne serait parti sans elle, quels que soient les ordres de Malice.

La Maison Hun'ett avait-elle lancé une offensive magique durant la nuit ?

Vaguement inquiet, il longea le corridor principal à la recherche des autres membres de sa famille.

Les portes de la chapelle s'ouvrirent devant lui ; tout le monde était là. Malice trônait, un sourire satisfait aux lèvres.

— J'avais donné ordre de ne pas sortir, dit-elle, recensant les nombreuses blessures de son fils cadet. Où es-tu allé ?

— Où est Zak ?

— Réponds à la Mère Matrone ! hurla Briza.

Le regard glacial de Drizzt, semblable à celui de Zak, la fit reculer.

— Pourquoi m'as-tu désobéi ? demanda Matrone Malice.

— J'avais des affaires urgentes à régler. Je ne désirais pas t'importuner avec cela.

— Nous sommes en guerre, mon fils. Seul, tu es vulnérable. Si ces affaires sont réglées, tu ne désobéiras plus, je suppose.

Drizzt saisit la menace.

— Où est Zak ? répéta-t-il.

D'une main, Matrone Malice arrêta Briza, qui reprenait son fouet. Il fallait du tact, non de la brutalité, pour amadouer Drizzt. Après la défaite des Hun'ett, ils auraient tout loisir de punir le garçon comme il convenait.

— Ne te soucie pas de Zak - il est en mission.

Drizzt n'en crut pas un mot.

Il décida de rapporter ce qui venait de lui arriver : la fin tragique de Sans Visage, alias Alton DeVir, ainsi que celle de Masoj Hun'ett. Tout devint clair pour Malice, ravie d'avoir deux ennemis de moins.

— Mon fils ! s'écria-t-elle. Tu nous as valu un

grand avantage dans ce conflit ! Nous n'allons pas laisser les Hun'ett rebâtir leurs défenses ! (Son allégresse gagnait la famille, à l'exception de Drizzt.) Détruisons-les aujourd'hui et devenons la huitième Maison de Menzoberranzan !

Drizzt glissa la main dans la bourse pendue à son cou.

— Où est Zak ? demanda-t-il pour la troisième fois.

Le silence retomba.

— Cela ne te regarde pas, mon fils. Tu es à présent le maître d'armes de la Maison Do'Urden. Lloth t'a pardonné ton insolence, et ta carrière peut commencer.

— Tu l'as tué, murmura-t-il.

— *Tu* l'as tué ! explosa-t-elle, rouge de fureur. Ton impudence exigeait une punition ! Mais tu vis, comme cet enfant elfe. Oui, nous n'ignorons rien de ta duperie, Drizzt. La Reine Araignée non plus. Il fallait payer.

— Tu as sacrifié Zaknafein à cette maudite Reine Araignée ?

— Surveille ton langage. Oublie Zaknafein. Pense à toi, mon champion. La gloire t'attend, et le statut qui te revient de droit. (C'était ce qu'il faisait, penser à la vie qui l'attendait : une longue suite de meurtres.) Tu n'as pas le choix ; je t'offre ta vie. En échange, tu m'obéiras.

— Comme Zaknafein ! cracha-t-il.

— En effet ! Zaknafein est mort pour te sauver !

Drizzt en resta sans voix.

— Mon offre est valable, fit Malice. Je la formule en ces lieux, devant tous. Nous en bénéficierons tous. *Maître d'armes, Drizzt Do'Urden* ?

Il releva la tête avec un sourire qu'elle prit pour un acquiescement.

— Maître d'armes ? Sûrement pas.

— Je t'ai vu te battre. Tu te sous-estimes.

— C'est *toi* qui me sous-estimes, Malice.

Briza cria, mais les deux antagonistes étaient seuls

au monde.

— Tu me demandes d'être l'instrument de tes machinations, reprit-il.

Il savait qu'autour de lui, tous serraient leurs armes, ou préparaient des sortilèges pour foudroyer le blasphémateur. Il referma les doigts autour d'un petit globe, y puisant du courage.

— Mensonges, tout ici n'est que mensonges !

— Ta peau est aussi noire que la mienne, lui rappela Malice. Tu es un Drow, même si tu n'as jamais appris ce que ça signifiait.

— Oh, mais je *sais* ce que ça signifie !

— Alors agis selon les règles !

— *Tes* règles ? Mensonges là encore, aussi gros que l'immonde araignée que vous adorez !

— Traître ! hurla Briza, levant son fouet.

Drizzt agit le premier.

— Puisse un vrai dieu vous damner ! cria-t-il en jetant la sphère à terre, inondant la salle d'une clarté magique aveuglante. Et que soit damnée la Reine Araignée !

Malice recula tandis qu'éclataient des cris de rage et de souffrance. Vierna réussit à vaincre le sortilège ; la salle revint à son obscurité initiale.

— Rattrapez-le, gronda Malice. Et tuez-le !

*
* *

Porté par les ailes des vents silencieux, l'appel atteignit le plan astral. L'entité ignora ses souffrances, tendant l'oreille pour mieux entendre la voix familière et bien-aimée. Le félin partit comme une flèche pour répondre à l'appel de son nouveau maître.

*
* *

Peu après, Drizzt marchait dans un étroit corridor, Guenhwyvar à son côté. Il jeta un dernier regard à Menzoberranzan.

— Quel est cet endroit que j'appelle patrie ? Ce sont mes frères, et pourtant je ne suis pas des leurs. Ils sont à jamais perdus. Combien d'autres comme moi ? Des âmes mortes, à l'instar de Zaknafein, pauvre Zak. Je fais cela pour lui, Guenhwyvar, lui qui n'a pas pu partir. Sa vie a été ma leçon...

« Adieu, Zak ! Mon père. Quand nous nous reverrons, après cette existence, sache que ce ne sera pas en enfer ! »

Drizzt fit signe à son compagnon. Ils s'enfoncèrent dans les tunnels d'Ombre-Terre. L'elfe était heureux d'avoir trouvé un tel ami. Ils étaient taillés du même bois ; leur amitié durerait.

L'existence qui les attendait serait rude et solitaire. Mais tout valait mieux que vivre parmi les elfes noirs.

Drizzt tourna définitivement le dos à Menzoberranzan.

Bulletin d'abonnement

Tous les deux mois
vous découvrirez des reportages
vous présentant des univers imaginaires
comme s'ils étaient réels …

À renvoyer à DRAGON® Magazine, 115 rue Anatole France, 93700 Drancy

----

BULLETIN D'ABONNEMENT
(à remplir en majuscules)

Nom _____ Prénom _____

Adresse _____

_____

Je m'abonne à DRAGON® Magazine pour un an (6 numéros) au prix de :

❏ 175 FF seulement (au lieu de 210 FF au numéro) pour la France métropolitaine,
❏ 200 FF pour l'Europe (par mandat international uniquement)
❏ 250 FF pour le reste du monde (par mandat international uniquement)

Je joins mon chèque au bulletin d'abonnement et j'envoie le tout à
DRAGON® Magazine, 115 rue Anatole France, 93700 Drancy

Retrouvez les héros des grandes sagas des Royaumes avec

Un monde d'aventure et de magie pour les règles avancées de Donjons & Dragons ®

JEUX DESCARTES
1, rue du Colonel Pierre Avia
75503 Paris cedex 15

Liste des Relais Boutiques Descartes sur le 3615 DESCARTES

EN ROUTE VERS L'AVENTURE !

POUR NE RIEN RATER DE L'UNIVERS PASSIONNANT DES JEUX DE RÔLE

le Premier Magazine des Jeux de Simulation vous présente…

- Nouveautés
- Conseils
- Aides de jeu
- Scénarios
- Panorama ludique international

et, dans chaque numéro…
DESTINATION AVENTURE : rubrique pratique et scénario pour joueurs débutants.

Désormais TOUS LES MOIS en kiosque. 35F.

LISTE des MAGASINS PARTENAIRES
PASSION Jeux de Rôles

FRANCE

13 - BOUCHES DU RHÔNE
CRAZY ORQUE SALOON
11 rue Jean Roque, 13001 Marseille
Tel: 91 33 14 48

LE DRAGON D'IVOIRE
64 rue Saint-Suffren, 13006 Marseille
Tel: 91 37 56 66

21 - CÔTE D'OR
EXCALIBUR
44 rue Jeannin, 21000 Dijon
Tel: 80 65 82 99

25 - DOUBS
CADOQUAI
7 quai de Strasbourg, 25000 Besançon
Tel: 81 81 32 11

31 - HAUTE GARONNE
JEUX DU MONDE
Centre commercial Saint-georges, 31000 Toulouse
Tel: 61 23 73 88

33 - GIRONDE
LE TEMPLE DU JEU
62 rue du pas Saint-Georges, 33000 Bordeaux
Tel: 56 44 61 22

34 - HÉRAULT
EXCALIBUR
8 rue Cauzit, 34000 Montpellier
Tel: 67 60 81 33

LIBRAIRIE DES JOURS MEILLEURS
8 promenade Jean Baptiste Marty, 34200 Sète
Tel: 67 74 86 99

35 - ILLE-ET-VILAINE
L'AMUSANCE
Centre commercial des Trois Soleils,
35000 Rennes
Tel: 99 31 09 97

38 - ISÈRE
EXCALIBUR
18 rue Champollion, 38000 Grenoble
Tel: 76 63 16 41

44 - LOIRE-ATLANTIQUE
BROCÉLIANDE
2 rue J.-J. Rousseau, 44000 Nantes
Tel: 40 48 16 94

51 - MARNE
EXCALIBUR
9 rue Salin, 51100 Reims
Tel: 26 77 91 10

54 - MEURTHE-ET-MOSELLE
EXCALIBUR
35 rue de la commanderie, 54000 Nancy
Tel: 83 40 07 44

57 - MOSELLE
LES FLÉAUX D'ASGARD
2 rue Saint-Marcel, 57000 Metz
Tel: 87 30 24 25

59 - NORD
ROCAMBOLE
41 rue de la Clé, 59800 Lille
Tel: 20 55 67 01

67 - BAS-RHIN
PHILIBERT
12 rue de la Grange, 67000 Strasbourg
Tel: 88 32 65 35

69 - RHÔNE
LE TEMPLE DU JEU
268 rue de Créqui, 69007 Lyon
Tel: 72 73 13 26

74 - HAUTE-SAVOIE
VIRUS
13 rue Filaterie, 74000 Annecy
Tel: 50 51 71 00

75 - PARIS
TEMPS LIBRE
22 rue de Sévigné, 75004 Paris
Tel: (1) 42 74 06 31

GAMES IN BLUE
24 rue Monge, 75005 Paris
Tel: (1) 43 25 96 73

76 - SEINE MARITIME
LE DÉ D'YS
160 rue Eau de Robec, 76000 Rouen
Tel: 35 15 47 46

86 - VIENNE
LE DÉ À TROIS FACES
35 rue Grimaud, 86000 Poitiers
Tel: 49 41 52 10

87 - HAUTE-VIENNE
LA LUNE NOIRE
3 rue de la boucherie, 87000 Limoges
Tel: 55 34 54 23

94 - VAL-DE-MARNE
L'ECLECTIQUE
Galerie Saint-Hilaire
94210 La Varenne Saint-Hilaire
Tel: (1).42 83 52 23

EUROPE

SUISSE
AU VIEUX PARIS
1 rue de la Servette, Genève 1201
Tel: 41 22 734 25 76

DELIRIUM LUDENS
Rüschli 17/CP 677, CH 25 02 Bienne
Tel: 41 32 236 760

BELGIQUE
CHAOS
Galerie Gerardrie, 4000 Liège
Tel: 32 41 212 920

Les Magasins **PASSION Jeux de Rôles**
sont des spécialistes des jeux de rôles,
des jeux de plateau et des wargames,
demandez-leur le catalogue.

Achevé d'imprimer en mars 1997
sur les presses de Cox & Wyman Ltd
(Angleterre)

FLEUVE NOIR – 12, avenue d'Italie
75627 PARIS – CEDEX 13.
Tel: 01.44.16.05.00

Dépôt légal : juin 1994
Imprimé en Angleterre